小学館文庫

映画
謎解きはディナーのあとで

涌井 学　脚本／黒岩 勉
原作／東川篤哉

小学館

謎解きはディナーのあとで 〜映画〜

主な登場人物

影山…………………………宝生家執事
宝生麗子……………………国立署刑事・宝生グループ令嬢
風祭京一郎…………………国立署警部・風祭モータース御曹司
海原真之介…………………スーパースター・ヴァーゴ船長
藤堂卓也……………………同　客室支配人
藤堂凜子……………………同　シンガー
松茂準一……………………同　警備主任
結城千佳……………………同　船医
バラジ・イスワラン………同　ランドリーマネージャー
枕崎美月……………………同　船内新聞編集者
石川天明……………………同　船内コック見習い
レイモンド・ヨー…………乗客・シンガポール人投資家
高円寺健太…………………乗客・自称脚本家
高円寺雄太…………………乗客・高円寺健太の実弟
恵比寿様……………………乗客・ニコニコ恵比寿通り商店街からの客
京極　天……………………乗客・醤油メーカー御曹司

prologue

匂《にお》い立つプルメリアの白い空気の中、その空間はまるで世界から切り取られたもののように、街中《まちなか》にポカリと浮かび上がっていた。

ラッフルズ・ホテル――。人々のたゆみなき営みを、百年の時を越えて見守り続ける白亜のホテルだ。

強い日差しは庭園を覆う椰子《やし》の葉に遮られ、中庭のカフェテラスに優雅に腰を落ち着けたロングガウン姿の人物のもとには柔らかな光となって届く。

給仕が白い封筒を運んできた。給仕の歩みが空気を揺らしてプルメリアの香りが鼻をくすぐる。封筒を手渡しながら耳元で静かに囁《ささや》いた。

「The princess will be coming on board.（お乗りになりますよ。……あのお嬢様が）」

包みを受け取って封を切る。ハラリと一葉の写真が藤椅子《とういす》の肘掛《ひじかけ》部分に舞い落ちた。

赤いドレスにピンクの唇。頰《ほお》に湛《たた》えた柔らかな微笑《ほほえ》み。

プリンセスレイコ号に名を冠された、日本の大財閥、宝生《ほうしょう》グループの令嬢。

――宝生麗子《れいこ》。

その人の写真だった。

第1章

＊　1　＊

とにかく麗子は急いでいた。

「影山《かげやま》！　早く！　少しでも早く！」

窓から見えるは青い海。ヘリの爆音で大きな声を出さないと会話もままならない。後部座席でそう言う麗子に、ヘリの前部席にいる影山が気の抜けた返事をする。座っているのは操縦席ではなく助手席なのに、なんだか本格的なヘルメットをかぶってパイロット気取りだ。

「しかしお嬢様、今、われわれがおりますのは空の上……。急ごうにものっぴきならない状況にございます」

「いいからできるだけ急いで！　じゃないとわたしの貴重なバカンスの時間がなくなっちゃうのよ。今、わたしの頭の中でバカンスの残り時間が刻々とカウントダウンされてるんだから」

「はあ……。しかし、元はと言えば、お嬢様が横浜からの出航時間にお遅れになったことが原因では……」

麗子はぶすっとむくれる。後部席から身を乗り出して影山の後頭部に言葉の槍《やり》を突き刺した。

「なによ。わたしが悪いって言うの？」

「いえ――、そういうわけでは」

「しかたないじゃない。ギリギリまで残業だったんだから」

言って麗子はシートにストンと体を投げ出した。黒縁の眼鏡越しに、いま自分の着ている地味なパンツスーツを一瞥《いちべつ》する。襟元を指先で摘《つま》んでみた。同時にため息をつく。

「じゃなきゃ、こんな仕事着なんかでバカンスに向かったりしないわよ」

二人がいるのは空の上。目指すは豪華客船スーパースター・ヴァーゴ号。シンガポールへ向かう優雅な船旅の予定だったのに、麗子は見事にそれに乗り遅れた。だから影山を呼びつけて、今、ヘリで船を追いかけている。バカンスを延期するとかそういう選択肢はない。無理なものなら、財力でも人脈でもなんでも使ってそれを可能にするまでだ。麗子にはそれができる。

なぜなら、宝生麗子はお嬢様だからだ。

世界有数の大財閥、宝生グループ。その総帥宝生清太郎《せいたろう》の一人娘。それが宝生麗子だ。

幼いころより蝶《ちょう》よ花よと何不自由なく育てられ、名門の大学を優秀な成績を修めて立派に卒業。さてそれじゃあ箱入り娘として花嫁修業を……、というところで麗子は父である宝生清太郎の意向にほんのちょっぴり逆らってみた。グループ企業で腰かけみたいな就職をするのは嫌だったし、苦労知らずで世間知らずなお嬢様とか思われるのは、なんだか癪《しゃく》だったし。

だから麗子はお嬢様なのに忙しい。普段は地味なパンツスーツに身を固め、国立《くにたち》の町中を走り回っている。

それはなぜか。日々、殺人事件の捜査に追われているからだ。

東京多摩地区にある国立警察署。その女性刑事、それも宝生麗子の肩書だ。

日ごろは世界有数のお嬢様という身分を隠し、国立市で起こるさまざまな事件（主にそれは凶悪な殺人事件なのだけど……）に敢然と立ち向かっている。

「有休取るのがこんなに大変だとは思わなかったわ。『有休使いますけど、それがなにか？』ってわけにはいかないものなのね」

影山が苦笑する。

「世間とはそういうものでございますよ」

そして影山は執事だ。主《あるじ》たる宝生麗子の生活の世話、そして運転手をこなしている。体の線に合った黒のスーツをビシリと着込み、銀縁眼鏡の向こうの両の目はいつだって柔和な笑みを湛《たた》えている。麗子が何か尋ねれば、それが難解な数式だろうが、はたまた古代オリエントの歴史だろうが、どんな質問にも淀みなく答えてくれる。何だって知ってるし、料理の腕も素晴らしい。特に影山の淹《い》れるお茶は最高だ。執事として

はまさに申し分ない存在――。

なのだけど――。

ヘリの後部座席から麗子は影山の後ろ姿に目をやる。そして小さく嘆息する。

この執事は、イカが墨を吐くみたいに、時々その口から猛烈な毒をプウと吐き出す。

「失礼ながらお嬢様。お嬢様の目は節穴でございますか」

とある日、事件の経過を語って聞かせた麗子に、影山は十五センチの位置まで顔を近づけてそう言った。それも真顔で。

「失礼ながらお嬢様。お嬢様はアホでいらっしゃいますか」

そう言われたこともある。麗子はあやうく手の中のワイングラスを床に落とすところだった。

よみがえる屈辱《くつじょく》の記憶。暴言の歴史。

「ズブの素人《しろうと》よりレベルが低くていらっしゃいます」

「チャンチャラおかしくて、わたくし、横っ腹が痛《いと》うございます」

「ウケる～。でございます」

こんな毒舌執事なのに、悔しいことに見事なまでの推理力の持ち主なのだ。麗子の話を聞くだけで、これまで数々の難事件を解決に導いてきた。

——推理力がずば抜けてるのは認めるけど、謎《なぞ》を解く前に必ずわたしを馬鹿にするのよね、この毒舌執事は……。

麗子は小刻みに首を横に振る。いけないいけない。今はバカンス。日常は切り離して考えなきゃ。

「お嬢様。船が見えてまいりました」

影山の声で麗子はわれに返った。眼下の青い海に白い船体が浮かんでいる。スクリューが波を白く砕いていた。船体のデッキ部分に長方形の巨大なプールが見える。ここからは豆粒にしか見えないけど、麗子の目には、プールに浮かんで日光浴を楽しむ人、プールサイドでカクテルを味わう人、ジャグジーに浸《つ》かりながら楽しげにお喋《しゃべ》りしている人々の姿が手に取るように浮かぶ。バカンスは目の前だ。刑事生活が始まって、はじめての長期休暇なのだ。

「影山！　ヘリポートに向かって」

船を指差しながら麗子は命じる。

船が近づく。スーパースター・ヴァーゴ号。別名、「プリンセスレイコ号」。

何しろ麗子の名前を冠する、宝生家所有の豪華客船なのだ。

「お嬢様。焦らずとも船は逃げたりいたしません」

影山のセリフに麗子はフフンと鼻を鳴らして答える。

「そんなことないわ。だってわたしがいなきゃ、船旅そのものがはじまらないでしょ？」

そう。なんたってわたしは、日本、いや、世界有数の、本物のお嬢様なのだから――！

＊

ヘリを降りればそこは別世界。目に飛び込むのは煌《きら》びやかな光の乱舞《らんぶ》だった。

レセプションにパスポートを預け、背中を振り返るとそこはグランド・ピアッツァ。船内のロビーにあたるメインデッキだ。艶《つや》を抑えた金を基調に、多国籍の様式美が乗客を幻想的な世界に誘《いざな》う。赤絨毯《あかじゅうたん》の敷かれた中央部分に伸びる階段の向こうには船の中とはとても思えない三つのガラス張りのエレベーターが、それ自体が調和のとれた美術品のようにゆっくりと上下している。ギリシャ風の大理石像。金色《こんじき》の三頭の馬。静かな音楽がゆったりと空気をかき混ぜて落ち着いた雰囲気を作り上げている。

パンツスーツ姿の麗子は、ようやくたどり着いたバカンスの香りを胸いっぱいに吸い込んだ。

自由の味がする。

「宝生様！　お待ちしておりました」

男の声がしてそちらに顔を向けた。中央にある赤絨毯の階段を、船長服を着、髪を後ろに撫《な》でつけた男性が下りてくる。頬に二本の深い皺《しわ》が刻まれた。満面の笑みだ。

「ようこそお越しくださいました。船長の海原真之介《かいばらしんのすけ》です」

ニコリと微笑《ほほえ》んでから麗子の手を取る。麗子は微笑みを返した。

「お出迎えありがとう。十八年ぶりになるかしら、この船に乗るのは」

隣にいる影山が、海原船長に頭を下げてから麗子に伝える。

「旦那《だんな》様がシンガポールで海運事業に乗り出された際、最初に建造された豪華客船でございますね」

それを聞いて海原船長が胸を張った。船内を見渡すようにして腕を広げながら言う。

「スーパースター・ヴァーゴ、別名『プリンセスレイコ号』。今回が最後の航海で、その長い歴史を閉じることになります」

「プリンセスレイコ号」の名を聞いて麗子は照れる。父の宝生清太郎が名づけた別名だ。父の親馬鹿っぷりと、自分の名前が豪華客船に冠されているという事実が恥ずかしい。

「恥ずかしいからその名前はやめてよ」

海原船長と談笑していたら、そこに別の男性の声が混じった。

「麗子様！　麗子お嬢様！」

レセプションの側から走り寄ってくる。白髪まじりの初老の男性だった。細い目を嬉《うれ》しそうにさらに細めている。麗子は顔を輝かせた。「あ！　もしかしてあなたが藤《とう》堂《どう》さん？」

藤堂卓也《たくや》。スーパースター・ヴァーゴの客室支配人だ。人のよさそうな顔をしていた。印象はいわば好々爺《こうこうや》。地顔が笑顔みたいな人だ。

藤堂支配人が麗子の手を取った。

「はい。間に合って本当にようございました。なんとご立派になられて……」

泣き出さんばかりの藤堂支配人を眺めながら麗子は苦笑する。十八年経《た》っているのだ。当時、まだ六歳だった麗子に藤堂支配人と会った記憶はほとんどない。初対面と同じようなものだ。けれど、藤堂支配人にとっては麗子との再会は格別なものであるらしい。握りしめられた手の力がずいぶんと強く感じる。

藤堂支配人は、毎年麗子のもとに招待状を送ってくれていた。だから大雑把《おおざっぱ》には近況も知っている。

「藤堂さんも客室支配人になったんでしょ?」

藤堂支配人が顔中をくしゃくしゃにして笑う。「ええ。おかげさまで」

影山に紹介した。

「影山。この方は客室支配人の藤堂さん。わたしに毎年この船への招待状を送ってくださっていたのよ」

影山が腰を折ってお辞儀した。

「執事の影山でございます。藤堂様は、かつてお嬢様の客室担当をされたこともあるとか。お名前は伺っておりました」

藤堂支配人が笑顔で応じた。グランド・ピアッツァ中央の階段を手のひらで示す。

「最後の航海に間に合ってよかった。麗子お嬢様にもう一度お会いするという夢が叶《かな》いました。ささ、わたくしが船内をご案内いたします」

＊

三千人からの食事をまかなうのだ。船内のギャレーは並大抵の大きさではない。船内には、和、洋、中のみならず、東南アジア、インド、イタリアなど各国の料理を楽しめるレストランが揃《そろ》っている。カフェやデザートの専門店まであるのだ。

総料理長の虎谷初彦《とらたにはつひこ》は、少しだけ難しい顔をしながら寸胴鍋《ずんどうなべ》のスープをかき混ぜる。調理スタッフは皆忙しそうに走り回っている。

「遅れてすいません！」

虎谷はその声を聞いてやれやれと呟《つぶや》いた。やっと来たか。

「遅い！」

やってきたのはコック服に身を包んだ若い男、半年ほど前にヴァーゴのコック見習いになったばかりの石川天明《いしかわてんめい》という男だ。長身でスラリとした細身のハンサム。少し長めの髪を耳の後ろに流している。笑うと子供みたいに頰《ほお》に笑窪《えくぼ》が浮かぶ。

石川が大きな体を小さく縮めている。それを見て虎谷はおかしくなって笑った。

「なんだ。また凜子《りんこ》ちゃんといちゃついてたんか」

調理スタッフたちがそれを聞いて笑い出した。石川も照れていた。

この石川天明という若者と、藤堂支配人の娘である藤堂凜子がどうやら〝いい仲〟らしいというのは船内ではほとんど公《おおやけ》の秘密だ。

――ま、なんだ。凛子ちゃんが大人になっていくのは寂しい気もするけど、幸せになるのは悪いこっちゃねえよな。

笑い声の溢《あふ》れる明るい雰囲気の中、虎谷はそう思う。鼻の下を擦《こす》ってから石川の肩を厚い手のひらでバシリと叩《たた》いた。

「さ！　総料理長にいつまで下ごしらえさせてんだ。さっさと代われ、代われ！」

＊２＊

「船内にはレストランやショップの他、あらゆるアミューズメント施設が揃っております。乗船人員は乗客乗員合わせて三千人」

藤堂支配人がニコニコしながら船内を案内してくれる。麗子はあたりを見回しながら思う。まるで街中のショッピングモールでも歩いているみたいだ。

「前に乗った時のことすっかり忘れてる。こうして歩いてみるとまるで小さな街ね」

藤堂支配人が嬉しげに微笑《ほほえ》んだ。

「船内でのすべての決済は、食事やアミューズメントを含めて、乗船時にお渡ししたカード一枚で行われますので、現金はほとんど必要ありません。ですから盗難などの危険性も非常に低い。船内にないのは警察くらいなものですが、現職の刑事である麗子様がいらっしゃればさらに安心ですね」

　麗子も笑って応じた。

「あら、藤堂さん。わたしは仕事を忘れに来たのよ」

「これは失礼を」

　八階デッキ部分は吹き抜けになっていて船内が見渡せる。何でもある。フィットネス、スパ、ビューティーサロン。プールだってジムだってある。船内なのにショッピングアーケードだって完備されてる。そうだ。今日は何を食べよう。イタリアン？　それとも中華？　たまにはインド料理や東南アジア料理なんかも楽しいかもしれない。テラスカフェで海を眺めながらカクテルを味わうのも素敵。各国料理に舌鼓《したつづみ》を打ったあとは、日を改めて日本料理店に行ってみてもいい。確かお客の目の前でシェフが料理してくれるのよね。そうそう。食事の後は何をしよう。シアターでラスベガススタイルのショーを観《み》る？　それともクラブラウンジでシンガーの歌に酔いしれる？　あ、どうしよう。幸せな想像が止まらない。

「お嬢様……。大丈夫でございますか」

影山にそう聞かれて麗子はほかほかの顔のまま、「ん?」と答える。

「……ふだんのノーテンキなお顔に輪をかけてしまりのないお顔をされていらっしゃいますが……」

普段なら怒る。この毒舌執事に向かってグラスの一つも投げつけてやりたいところだ。だけど今の麗子はちがう。今の麗子には余裕がある。

「ふふん。軽い侮辱《ぶじょく》なら目をつぶってあげるわ。なにしろ今のわたしはすこぶる機嫌が良いんですもの」

「はあ……」

「それより影山。スケジュールに抜かりはないわね」

「はい。今夜はウェルカムパーティーのあと、グレゴリアスパにて全身トリートメントの予約を入れております」

麗子は満足げに微笑む。藤堂支配人の案内でキャビン部分に踏み込んだ。

「よろしくてよ。あとは誰か、あの映画のレオ様みたいな船上の王子様が……」

「ハイハイハイハイハイハーイ!」

突然聞こえてきたその声に麗子と影山、それに藤堂支配人はハタと足を止めた。聞き覚えのある声だ。っていうか、聞きすぎていささか胃もたれ気味になっているフレーズだ。この声を聞く場所はいつも国立。だいたいそれは殺人事件の現場。声の主は白い高級スーツの男。思い出したくない。麗子はお嬢様の〝今〟に、地味な刑事としての〝いつも〟が入り込みそうになって必死で抗《あらが》う。ちがうの。わたしはバカンスのためにこの船に乗ったの。鬱陶《うっとう》しい日常を忘れて楽しむためなの。なのにそれってあんまりじゃない？　なんでこの声が聞こえてくるの？

「まさしくこの僕にふさわしい部屋だね」

決定的だった。麗子は観念して振り向く。おそるおそる目を開けた。隣で影山が俯《うつむ》きがちに目を伏せている。

白いスーツが、船の中だというのに中折れハットをかぶっていた。エグゼクティブスイートの客室の前で、被写体を捉《とら》えるカメラマンみたいに、まっすぐ伸ばした両手で三角をつくっている。

「やっぱり……。風祭《かざまつり》警部……」

麗子の直属の上司だ。最高のデザインと最悪の燃費が特徴の、中堅自動車メーカー「風祭モータース」の御曹司《おんぞうし》でもある。上司なのだけど、風祭警部のそのトンチンカンな推理は、それが極めて普通の事件であってもあらゆる事件をスムーズに迷宮入りへと誘うという特殊能力を持っている。悪い人ではないのだけど、風祭警部はそう、とても残念な人。部下の麗子が財閥令嬢とはつゆ知らず、「お嬢さん」なんて呼んだりして、自分のセレブっぷりを事あるごとに自慢してくる。そして尚且《なおか》つ、お嬢様姿の麗子のことを、香港《ホンコン》の令嬢「ホウ・ショウレイ」だと盛大に勘違いしている。だから風祭警部はお嬢様姿の麗子に会うたびに、こちらの反応などすべて無視して一方的な恋心をぶつけてくる。麗子にはそれが少々——、いや、ホントはかなり本気でウザったい。

盛大な勘違いに従い、勘違いを貫いたまま迷いなく生きる男。それが風祭京一郎《きょういちろう》だ。ある意味すごい男であることは間違いない。

風祭警部が麗子に気づいた。部屋に向けていた三角をそのまま麗子に向けて大声を出す。

「なんと！　宝生君ではないか！」

風祭警部の顔が三角の中でパアッと赤く染まった。麗子にずんずん近づいてくる。

「宝生君。まさか君もこの船でシンガポールへ？」

「……ええ、まあ」

目を逸《そ》らしながら誤魔化《ごまか》す。ニヤニヤしていた風祭警部が突然真顔になった。

「は！　まさか僕のことを追いかけて……！」

「違います」

「僕が国立を離れることを知って矢も盾《たて》もたまらずに……!?」

だから違うっていうのに。

「単なる有給休暇を使った旅行です。それより警部こそどうしてこの船に？」

風祭警部はニヤリと笑う。白いハットを人差し指でくいと持ち上げた。麗子は声に出さずに、「なんで船内で帽子？」と心の中で突っ込む。

「そりゃもちろん、Kライオンの警備のために決まってるだろう」

「Kライオン？」

「あれ？　知らないのかい宝生君。あれさ！　僕のエグゼクティブスイートに鎮座《ちんざ》ましましているあれさ！　見たまえ宝生君！　あれこそが国立ライオン！　通称Kライオンだ！　Kライオンは国立の有名芸術家が手掛けた作品で、国立との友好のシンボルとしてシンガポールへ贈られるのさ」

「へえ。それでなぜ警部が？」

また白いハットを持ち上げた。唇の片方だけくいっと持ち上げて笑う。

「実はね宝生君。この船に国際的な窃盗《せっとう》犯が乗るという情報が、International Criminal Police Organization、略してICPOから寄せられていてね。そこで警護役としてこの僕が抜擢《ばってき》されたってわけさ！　警視庁きっての名刑事であるこの僕が」

「え？」

風祭警部が名刑事？　麗子は戸惑う。ＩＣＰＯの情報網って実はザルなんじゃないの？　こんなんで国際的な犯罪とか阻止できるのかしら。あ。そうか。国立で起こる殺人事件は、ほとんどみんな影山の推理でスピード解決してるから、だからトップの風祭警部が高評価されてるんだ。風祭警部は関係ないじゃん。なるほどなるほど。国際警察の優秀さに胸を撫《な》で下ろしていたら、聞いてないのに風祭警部がぐいぐい説明を続けてきた。鼻息が荒い。

「だが！　Ｋライオンのあるこの部屋には僕が泊まるし、ドアの前には警備員が常時張り付く。さらに！」

部屋に踏み込んで麗子の視界から風祭警部が消えた。そのまま放《ほう》っておいたら、部屋の中から「宝生君！」と麗子を呼ぶ声がする。仕方ないからため息交じりに部屋に入った。

「何ですか警部」

「見たまえ！　これこそがＫライオンを守る最強・最新の防犯設備、僕が考案した赤外線センサーと電子ロックさ！　イッツ、パーフェクトさ！」

「はあ」
「できるデカは辛《つら》いよ。豪華客船で仕事なんてね」
部屋のベッド脇に風祭警部の大量のバゲージが見えた。シルバーの旅行バッグから
シュノーケルとやたらと派手な海パンがはみ出してる。
「遊ぶ気満々じゃないですか」
「息抜きだよ息抜き。そうだ！　宝生君、どうせ君は極めて庶民的な客室に泊まるの
だろう？　せっかくだから僕のエグゼクティブスッイートに――」
「いりません」
「なぜ？　僕の部屋にはほら、専用の冷蔵庫もあるし、ミニバーだって完備されてる
し、その上、ジャグジーやバルコニーだって――」
風祭警部のバゲージにくくりつけられている荷札が見えた。そこにでかでかと「K
K609」と刺繡《ししゅう》されている。
なんだこれ。
「宝生くーん。君の部屋はどこだい？」
突然尋ねられて麗子は頭が真っ白になった。なにせ麗子の部屋は、風祭警部が宿泊
するエグゼクティブスイートなんか目じゃない、超豪華、完全特別製のレイコスイート

だ。宝生家の人間が乗船するときにしか使われない、完全オーダーメイドの、この部屋の五倍はあるデラックススイートなのだ。風祭警部は、国立署に勤務する極めて普通の地味なスーツ姿の麗子しか知らない。そんなこと口が裂けても言えるわけなかった。それで咄嗟《とっさ》に嘘《うそ》をついた。とりあえず手近なところで目についた数字を言ってみる。

「あの……、609です」

風祭警部の目が丸くなった。「なんと！　僕の誕生日と一緒ではないか！　宝生君、やはり君は、僕を追ってこの船に……」

「違います」

何度言わせる気なのこの人は。

風祭警部は上機嫌だ。

「見たまえ宝生君。僕は旅行に行くとき、スーツからパンツ一枚に至るまで、すべてに僕のイニシャルと誕生日を入れるのさ。これでもし忘れ物をしても、定宿から僕のところにダイレクトに連絡がくるってわけさ。わかるかい宝生君！　KYOICHIRO　KAZAMATSURI。KK609《ケー・ケー・ロック》さ！」

「いい大人がパンツにイニシャルって……」

小学生みたいですねと突っ込みたいところをグッと飲み込んだ。少なくとも麗子は風祭警部よりはずいぶん大人なつもりだ。

「そしてこっちも見たまえ宝生君。これこそがKライオン！　堂々たるこの金無垢《きんむく》の彫像。魚とライオンが融合したマーライオンよろしく、ライオンの背中に翼の生えたこの洗練されたデザイン。宝石をあしらった黄色いつぶらな二つの瞳《ひとみ》。時価総額ときたら想像もつかないほどだろう。そしてここだよ。ここを見たまえ宝生君。この台座を取り巻く四隅の柱から、スイッチオンと同時に四方を囲むように赤外線のビームが出るわけさ。その赤いビームに窃盗犯が触れたが最後、船中に警報音が鳴り響くって寸法さ」

麗子は台座を覗《のぞ》きこんで確認する。なるほど。風祭警部が考案したとは思えないほど精巧なセキュリティ装置だ。

「赤外線なのに赤い光が出るんですか」

「細かいことはいいじゃないか宝生君！　イメージだよイメージ！　赤外線といえば赤！　遠赤外線のコタツだって赤い光が出るだろう？」

「はあ。それじゃ、わたしはそろそろ」

かったるくなってきたので風祭警部を後に残してさっさと部屋を出る。

「なんだい。もう行ってしまうのかい？」

名残惜しそうな警部の声が聞こえるけど無視する。

部屋を出たところで大きなため息をついた。

——なんなのよ。この展開は……。


部下である宝生麗子が部屋を出て行き、一人になった風祭警部はKライオンの前に立つ。ああ、美しきかなKライオン。この素晴らしき芸術を無事にシンガポールまで送り届けることができれば、この僕、風祭京一郎の名声もさらに高まるにちがいない。Kライオンの背中の翼に腕を置いてニヤニヤしていたら、急にガクンと膝《ひざ》が落ちた。そのまま倒れそうになって慌てて踏みとどまる。

「あ」

顔を上げたら右の翼が取れていた。風祭警部の額にブワリと汗が湧《わ》く。警部の「あ」を聞きとめて宝生麗子が戻ってきた。

「どうしました？　警部？」

「あ！　何でもない！　何でもないんだ宝生君！　まったく何一つ問題なんて起きちゃいないさ！　だがしかし、今この瞬間からこの部屋は僕以外、誰一人として入室は禁止とする！　侵入禁止だ！」

「なぜ？」

「それは……。セキュリティ的な意味からさ！　部屋に入れる人間が減れば、Kライオンが人の目に留まることだって少なくなるだろう？」

「はあ……。わかりました」

かなり訝《いぶか》しんでいるけどとりあえず宝生麗子は誤魔化した。次は部屋の前に立つ警備員だ。

「いいかね松茂《まつしげ》君。今言ったように、セキュリティを強化するため、この風祭京一郎のエグゼクティブスッイートはこれより一切入室禁止だ！　皆に伝えたまえ！」

＊　3　＊

スーパースター・ヴァーゴの十二階はオープンデッキになっていて、そこには巨大なプールがある。洋上を行く客船、そのデッキに設《しつら》えられた絢爛《けんらん》豪華なパルテノンプールだ。プールの脇にはいくつもジャグジーが並んでいる。プールサイドで日の光を浴びながらビールだって飲める。降り注ぐ陽光がチリチリと肌を焼いて、日ごろのストレスが溶けだして空に消えていくのが実感できる。強い日差しの下、高円寺健太《こうえんじけんた》は赤い海パン一つでジャグジーにつかり、右手に持った氷の浮いたカクテルを時折ストローで啜《すす》っている。

短髪の男が高円寺健太のもとに駆け寄ってきた。

「にいちゃん、にいちゃん。見てきたよ」

「お！　どうだった雄太《ゆうた》」

ジャグジーから身を乗り出した。短髪の男は少しばかり息を切らしている。

「なんか、警備のために警察が乗り込んでるみたい。『警部』とか言ってた」

「刑事か？」

「なんか白いスーツで、『風祭警部』とか言ってた」

「風祭？　あの風祭刑事《デカ》か!?」

「にいちゃん、知ってるの？」

「知ってるも何も、風祭警部と言ったら、検挙率ダントツナンバーワン！　事件解決までの平均捜査時間がたったの二十時間という超敏腕刑事——。〝神〟と呼ばれるスーパーデカだ！」

「そんなすごい人なの？」

高円寺健太はザバリと水を落として立ち上がる。握りしめたこぶしをブルブル震わせた。

「風祭京一郎……。あの男がKライオンを守っているとは――」

「あ。あとなんか、『有名な窃盗犯がこの船に乗る』ってその警部が言ってたよ。ICPOから情報が寄せられたって」

それを聞いて高円寺健太はコロリと表情を変えて笑いだす。

「そうか。雄太よ、俺たちも有名になったなぁ」

「そう？」

「相手は伝説の名刑事、風祭京一郎。この状況でKライオンを手に入れれば、俺たちもあの〝ファントム・ソロス〟に並ぶ大怪盗の仲間入りってわけだ！」

高い空に、高円寺健太の笑い声が響き渡った。

＊　4　＊

藤堂支配人に案内されながら、赤絨毯の敷かれた階段をローヒールで踏みしめる。

本来なら豪華客船で過ごすこれから先のバカンスに心浮き立つはずなのに、麗子の心は沈みがちだ。意識せずに自然と口から洩《も》れてしまう。

「なんで警部が一緒なのよぅ」

前を行く藤堂支配人が麗子に顔を向けた。

「先ほどの方は、確か警察の……」

「そう。風祭警部。わたしの上司よ」

「そうでございましたか。大変優秀な刑事さんだとか。……しかし、あのような私服を着ていらっしゃると、まったく警察の方には見えませんね」

「ううん。殺人現場でもいつもあの格好よ」

麗子の言葉を完全に冗談だと受け取って支配人は笑う。「また。ご冗談を」

麗子は冗談など一ミリも言っていない。麗子の上司である風祭京一郎は、場所と季節を問わず、どんな凄惨《せいさん》な殺人現場だろうと、子どもたちのはしゃぎまわる遊園地だろうと常に白い高級スーツを着込んでいる。麗子は思っている。きっと警部はあのスーツを脱いだら死ぬんだ。泳ぐのを止めたら死んでしまうマグロみたいなものだ。

「とにかくね、わたしが宝生グループの令嬢だってことは警部には絶対に内緒にして。ずっと秘密にしてきたの」

「そうなのですか。事情は存じませんが、お嬢様がそうおっしゃるのであればその通りに。他のクルーにも申し伝えておきます」

深紅《しんく》のドアの前に立つ。藤堂支配人が電子カードキーを取っ手の下のリーダーに差し込んだ。ドアを押し開けて、そのまま笑みに変わって麗子を振り向く。麗子の前にうやうやしく右手を差し出した。

「ですが……。ここにいらっしゃる限り、秘密が漏れるようなご心配は無用でしょう。何しろこのお部屋は、宝生家専用ラウンジ、レイコスイートですから」

フルーツの香りが鼻をくすぐった。ドアの向こうに広大なリビングが見える。部屋の中央には白い台座が、その向こうには落ち着いた色合いのソファが並んでいた。ベージュの絨毯。オーシャンフロント。大きな窓の向こうは無限に広がる大海原だ。麗子は大きく深呼吸する。フルーツの香りの中に、プルメリアの花の香りが少しだけ混ざっていた。

「わあ」

藤堂支配人がニコニコ笑っている。麗子の反応を満足げに眺めている。

「こちらのリビングの他に、ダイニングルーム、麗子お嬢様の寝室に、執事部屋までご用意しております」

「ええ」

言いながら麗子はリビング正面に見えるソファに深々と腰を落とした。体が半分も埋まって、自然と女王様の姿勢になる。

「やっぱり船旅はいいわね。まるで家にいるまま旅してるみたい」

揺れなんてほとんど感じない。だけど窓の外の景色が流れていくから、自分が今、確かに海の上にいることは実感できる。船旅の良さはその解放感だ。麗子は大海原を眺めながら大きく伸びをした。

至福。

藤堂支配人が、胸のポケットから万年筆を取り出して、入り口近くの小机に置かれた船内地図に印をつけた。モノクロの船内地図に万年筆の青インクが浮き立って見える。

「ウェルカムパーティーの会場はこちらになります。それでは、わたくしはこれで。いつでもお呼び立てください」

麗子の隣に立っている影山がお辞儀《じぎ》で応《こた》えた。藤堂支配人が部屋を出るのを見送って、それからおもむろに壁の電子パネルに向き直る。

「お嬢様も念のためご確認を。セイレーンの涙とキャッシュを保管いたします」

影山の細い指が器用に動いて、十二個の数字の書かれたパネルをリズミカルに叩いていく。四桁《けた》の数字を入力すると、金庫の扉とすでに台座に置かれていた強化ガラスケースが音もなく開いた。影山がアタッシュケースを持ち上げて金庫に近づく。

「それは？」

「現金でございます。シンガポールでのショッピング用に一応ドル紙幣を」

「ふうん。今のパネルで金庫のロックを解除したの？」

「さようでございます。もう一点、こちらの〝セイレーンの涙〟の保管用の強化ガラスケースのロックも、同じセキュリティシステムで管理しております」

「ふうん。それがこの台座の防犯ケースなのね。厳重ねえ」

「何しろ、ブルーダイヤ、〝セイレーンの涙〟は貴重なものゆえ」

「それ、いつもの旅のお守りの石ね」

「さようでございます。お嬢様が船に乗るときは必ず持っていくのが宝生家のしきたりとなってございますので」

影山が、手袋に包まれた両手でセイレーンの涙を台座上のガラスケースにそっと収めた。台座の鍵穴《かぎあな》に電子キーを差し込んでそれを捻《ひね》ると、台座の四隅に立つ支柱から赤い光が何本も出てきて格子状にガラスケースを保護する。さっき風祭警部の部屋で見たものと一緒だ。

「あれ？　さっきの警部の部屋のセキュリティシステムと一緒じゃない？」

影山が唇だけで微笑みながら振り返った。「さようでございます。先ほどのあれは、宝生グループの防犯装置をお貸ししただけ。システムを管理するコンピュータも一緒でございます」

麗子は呆《あき》れる。

「なんだ。じゃあ風祭警部の部屋のアレもうちのものなのね。警部ったらまた自分の手柄みたいに言っちゃって」

影山が壁のパネルを操作して、現金の入った金庫と、セイレーンの涙を保管するガラスケース、二つの扉をロックした。肩越しに振り返って麗子に言う。

「それよりお嬢様。間もなくパーティーでございますので」

麗子はソファからガバリと立ち上がった。部屋に馴染《なじ》みすぎて寝てしまうところだった。

「そうだ！　早くドレスに着替えなくちゃ！」

＊　5　＊

総キャビン数九百八十七。乗客定員千八百七十名。船内の総面積は東京ドームの1・5倍。十二階オープンデッキには巨大なパルテノンプールにミニゴルフが楽しめる練習場。映画館に会員制カジノ、千人近い客を収容できるショー・ルームまで設置されている。

多国籍、多文化の船内では日々さまざまな催しが開かれている。船内の情報を統括しているのは、毎朝発行される船内新聞だ。毎朝、多言語に翻訳されて客室に配られる「スターナビゲーター」で、乗客たちはその日に何があり、どこでパーティーが開かれるか、余すところなく知ることができる。

乗客たちは主に五階以上のデッキで優雅な時を過ごすが、それより下のデッキには二千人近い乗客の世話をする乗員たちが詰めている。食事の用意や荷物運びはもちろん、二千人の乗客が宿泊するのだから、シーツ交換やルームメイキングにかかる労力だってすさまじい。ランドリー室はいつもテンヤワンヤだ。無限に思えるシーツとタオルが集められてはクリーニングを受けてまた客室に戻っていく。浅黒い肌をした青年は額に汗を浮かべてシーツを運ぶ。寡黙《かもく》な青年は愚痴《ぐち》を言わない。そんな作業する青年の姿を、腕に腕章をつけた船内新聞編集担当の女性が写真に収めようとしていた。

青年の腕を取ってカメラの前に引き留める。

「バラジちゃん、もっと笑ってよぉ。船内新聞の最後のクルー特集なんだから。はーい、スマーイル！」

青年は困惑した笑みを浮かべるだけだ。

「だからぁ……、楽しそうに笑ってって。ほら、スマーイル」

「あの……、ミツキさん」

片言の日本語で青年が言った。船内新聞記者の枕崎《まくらざき》美月《みつき》は目をぱちくりさせる。

青年が洗い立てのシーツを胸に抱いたまま、美月にペコリと頭を下げた。

「……コノクルーズ終ワタラ、……ボクと、ケットウしてクダサイ」

「は？　決闘？」

「ア……。アノ……、ダカラ……、ボクとケッコンしてクダサイ」

「え？　マジ……？」

青年の顔が曇《くも》った。

「……ダメですカ？」

枕崎美月は視線を落とす。

「……ちょっと考えさせて」

スーパースター・ヴァーゴのキャビン部分、客室は六種に分かれている。リーズナブルな料金で宿泊できるインサイドステートルームから、バルコニーやジャグジーまでついたエグゼクティブスイートまで。船内に四室しかないエグゼクティブスイートは、室内の海に面した側一面が大きな窓になっていて、室内に居ながら大海原を駆ける気分を味わうことができる。

エグゼクティブスイートの一室で、髭面《ひげづら》の男は夜の海を眺めながら煙草《タバコ》を燻《くゆ》らせる。髭面の男の対面にはもう一人、後ろ姿だけで顔の見えない人物が立っていた。髭面の男が深々とソファに体を埋めたままニヤリと笑った。コニャックを口に運んでそれから言う。

英語だった。

「……そんなこともあったかね。いちいち覚えちゃいないが」

「……覚えていない？」

「ああ。いちいち覚えていられるほど、私は暇な人間じゃないんでね」

それを聞いて後ろ姿の人物が懐から黒い塊を取り出した。髭面の男がそれを認めて腰を浮かせる。

ピストルの銃身が見えていた。銃口がパッと黄色い光を放つ。次の瞬間には髭面の男の左胸に黒々とした穴が開いていた。背中が爆《は》ぜて床に血痕《けっこん》が飛び散る。

髭面の男は言葉を発する間もなく絶命した。会話の音が消えて、船が水を割る波音だけが殺人者の耳に届く。

バルコニーの向こうに水平線が見えた。海面《うみづら》は黒々として、まるでコールタールの沼のようだ。

＊ 6 ＊

澄んだ歌声がステージから溢《あふ》れ出し、グランド・ピアッツァを満たしていた。

エレベーターを降り、影山のエスコートで通路を歩いているときから歌声は聞こえていた。スローなテンポのバラード。歌っているのは若い女性だ。

グランド・ピアッツァに踏み込むのと同時に、歌い終えた若い女性シンガーが深々とお辞儀する姿が見えた。割れんばかりの拍手。顔を上げると同時に笑顔を振り撒《ま》いて、ステージ上のシンガーが皆に伝える。

「Thank you so much. The fireworks are starting off from the leftside shortly. So, please make your way outside.（まもなくこちら側の海上から花火があがります。ぜひ外のデッキでご鑑賞ください）」

乗客たちはそれぞれに自由な時間を楽しんでいた。カクテルを嗜《たしな》む者、気の置けない仲間と談笑する者、目を閉じて歌声の余韻に浸る者。華麗なドレスに身を包んで、周囲の人間の視線が自分に集まっているか、それを気にする者。

「どう、影山。わたしのドレス姿は」

麗子はステージ上のシンガーそこのけの堂々たる歩みでグランド・ピアッツァ中央に踏み出した。黒を基調にしたロングパーティードレスにシルバーのネックレス。麗子の整った顔立ちと、黒地に白でアクセントを付けたドレスが醸《かも》し出す魅力が絡み合って、キラキラした金粉みたいなオーラが四方八方に振り撒かれている。日ごろ、地味なパンツスーツ姿で地道な捜査活動に勤《いそ》しんでいる反動が一気に出た感じだ。

麗子はイキイキしながら影山に問う。

「影山。今この会場の視線を一身に集めているのは、いったいどこの誰かしら」

影山がやれやれという感じで口を開こうとしたそのとき、麗子の背後からけたたましい怒鳴り声と、何かを叩くような音が聞こえてきた。麗子と影山は同時にそちらを向く。会場にいる乗客たちも一斉に振り返った。

「何よコレ！　ぜんぜん出ないじゃん！」

会場の隅に設えられているスロットマシンだった。マシンの前で、場違いな柄物のシャツにやたら大きなチュニックを羽織ったテキトーな格好の女性がヒステリックにわめいている。

「いくらつぎ込んだと思ってんのよ！」

スロット台を足で蹴《け》りつけた。蹴った後で、「あー！　もー！」と頭を抱える。

影山が目でその婦人を示した。「今、注目を浴びているのはあちらのご婦人でございますね」

肩すかしの気分で麗子は尋ねる。

「なんなのよ、あの人」

いつの間にか麗子の後ろに女性が立っていた。柔らかな声が麗子の質問に答える。

「たぶん……、恵比寿《えびす》様ですね」

そこにいたのは、さっきまでステージにいた女性シンガーだった。麗子を見て笑っている。

「恵比寿様？」

「ニコニコ恵比寿通り商店街からのお客様ですよ」

「商店街って？」

「恵比寿通り商店街の福引の金賞が、毎年、この船の宿泊券なんです。その当選者がいつもこの時期にやってこられるんです。それで、私たちクルーは、通称『恵比寿様』と」

麗子は感心したような息をつく。「ふうん。いろんな人が乗ってるのね」

「そこが面白いんですよ。私の尊敬する人が言っていました。客船は舞台みたいなものだって。三等客室からエグゼクティブスイートまで、ご宿泊の場もさまざま、ご職業もさまざま、国籍も言葉もさまざまな人々が同じ舞台の上で、そのときだけの物語を紡いでいく。それが船旅の醍醐《だいごみ》味なんだって」

「ふうん。なるほどね」

シンガーと話をしていたら、そこに笑顔の藤堂支配人が近づいてきた。シンガーの斜め後ろに立って微笑みながら言う。

「ああ、ちょうど良かった。麗子様、これはわたくしの娘の凛子です」

「あら、そうだったの？　じゃあもしかして今の話って」

藤堂凛子がはにかんだように笑った。藤堂支配人に笑顔を向けて言う。

「父の受け売りです」

凛子の言葉の終わりに、ボーンと重い音が響いた。窓の外の暗闇《くらやみ》がはじけて一瞬だけ赤く染まる。麗子はすばやく振り向いた。会場を埋め尽くす観客が一斉に歓声をあげる。

「花火！」

凛子が麗子の手を取った。少女のように笑っている。

「行きましょう。麗子さん！」

＊　7　＊

夜風が気持ちいい。船外デッキに溢れる人々の顔は幸福に満ち満ちていた。夜空に向かって麗子は呟く。

「キレイ……」

麗子の背後で藤堂支配人が静かに語った。

「ラストクルーズのための、特別プログラムです」

まさしく特別な夜だった。凪《な》いだ海面と船のスクリューにはぜる白波。連続して夜空を赤、黄に染める花火は、近隣の海上にある小型船舶のデッキから打ち上げられたものだ。空が五色に染まるたびに海面も同じ色に染まる。麗子の白い頬も赤、黄に染まる。幻想的な空間だった。まるでファンタジーの世界に迷い込んでしまったような、めくるめくミラクルの連続に身をゆだねているかのような――

「信じられない！　アンビリーバボー！」

麗子の恍惚《こうこつ》はダミ声にかき消された。一瞬で白雪姫のキラキラの日から悪い魔女の目に変わって声の主をにらみつける。口調と声だけでわかる。白いスーツがズンズン近づいてくる。

「オー！　マイ・スイート・ショウレイさん！　こんなところで出会えるとはまさに洋上の奇跡！　オーシャンミラクル！」

両手を目いっぱい空に向かって広げている。鼻の穴が広がって黒い。風祭警部だ。お嬢様姿の麗子のことを、香港の財閥令嬢、ホウ・ショウレイだと勘違いして、超一方的な恋心をぶつけまくってくる風祭警部だ。ドレスアップした麗子を見つけて、それを運命の出会いだと喜んでいる。めんどくさい。絡みたくない。

「あ！　君は……！　まだショウレイさんと一緒に居るのかね？」

めんどくさいので喋らずにいたら影山の方に矛先が向かった。影山は以前に、風祭警部に麗子の正体がバレそうになったとき、〝ホウ・ショウレイの恋人〟だと嘘をついたから、警部の嫉妬心《しっとしん》に火が点《つ》いたのだろう。影山の隣で藤堂支配人が困惑した表情を浮かべている。

「ショウレイさんとは……？」

影山が笑顔で取り成した。「説明すると長い話になります。ここはどうぞよしなに」

「はあ……」

風祭警部がずんずん影山に近づいてくる。

「君のような執事執事した男より、僕みたいな御曹司御曹司した男の方がショウレイさんにはお似合いだと思うんだがね」

警部がすごく語呂《ごろ》の悪い日本語を作り出して影山を攻める。険悪な空気を察した藤堂支配人がデジタルカメラを手に明るい声を出した。

「みなさま。花火をバックに記念撮影をなさっては」

出鼻をくじかれて風祭警部が中途半端な体勢で固まっている。それでも強引に体の向きを変えて麗子の隣にすり寄ってきた。

「では、僕とショウレイさんのツーショット写真を」

「はあ……。それでは撮りますよ。はい、笑って」

シャッターが下りようとする瞬間、女性の長い悲鳴が響き渡った。

麗子と影山、それに風祭警部は一斉に海側に向き直る。藤堂支配人のカメラがフラッシュを光らせるのとほぼ同時だった。赤い花火が空高く弾《はじ》けて麗子たちの瞳を赤く染める。麗子の目は確かに捉えた。デッキの向こう、黒い海面に向かって、一直線に、黒い人影が頭から落ちていくのを。

「Somebody fell over board!（人が落ちたぞぉ！）」

水音は聞こえなかった。だが、落ちたのは確かに人間だ。黄色い救命胴衣がチラリと見えた。救命胴衣につながるように、黄色い浮輪らしきものも一緒に落ちていった。

麗子は叫ぶ。

「落下事故です！　藤堂さん、救助を！」

藤堂支配人が背を向けて走り、救命浮輪と自己点火灯を用意して落下地点と思《おぼ》しき海面に投げ込んだ。そのまま船内通信用の無線機を手に通信を始める。船内新聞の腕章をつけた美月が、落下地点あたりの海面に向かってさかんにフラッシュを焚《た》いていた。麗子と影山はデッキから身を乗り出して暗い海面を見た。船が砕く白波の向こう、少し離れたところに藤堂支配人が投げ込んだオレンジ色の浮輪が見えた。そのすぐ先、間違いない。浮きつ沈みつ、黄色い救命胴衣が見え隠れしていた。暗闇でもわかる。救命胴衣のふくらみは人の体のふくらみだ。夜の海に人が落ちた。そしてその人は、暴れるでもなく助けを求めるわけでもなく、ただ波に揺られながら船の後方に流されていく。

海原船長の緊迫した声が船内放送で響き渡った。

〈ハード・トゥ・ポート（舵《かじ》を左いっぱいに）！〉

すぐに舵が切られたのだろう。麗子たちのいるデッキが大きく傾き始めた。麗子は思わず影山に摑《つか》まる。それを見て風祭警部が悔しそうに唇を噛《か》んでいる。また船内放送が響いた。

〈ストップ・エンジンズ！〉

船の振動が止んだ。白波が消えて、左に大きな弧を描く動きで船は惰性でしばらく進んだ。影山が麗子の肩をグッと摑んだ。麗子は何が起こったのかわからずに影山を見る。

「お嬢様、落ち着いてくださいませ」

「落ち着けって……、何に？」

言い返した途端にデッキ中の照明が落ちた。いや、デッキだけではない。三千人が乗る、一つの街のような巨大な船全体が、いきなり黒い塊になった。乗客たちが悲鳴を上げる。

「これでございます。しばらく明かりが落ちますので、どうぞ落ち着いてくださいませ」

「どうして停電!?」

放送がかかった。海原船長の低い声だ。乗客を落ち着かせるためだろう、ことさらにゆっくりと話していた。

〈転落者救助のため、エンジンを緊急停止いたしました。まもなく予備電源に切り替わりますのでどうぞご安心ください〉

影山が麗子の耳元で囁《ささや》く。

「レイコスイートの様子を見てまいります。お嬢様におかれましては、どうぞご自分の職務をお忘れなきよう」

「い……、言われなくたってわかってるわよ」

影山が闇の中を走り去っていく。入れ替わるように警備用の制服を着た男が駆け寄ってきた。さっき風祭警部の部屋の前で見かけた松茂という警備主任の男だ。

麗子の隣にいる警部に向かって言う。

「風祭警部！　今の停電でKライオンのセキュリティシステムも停止したのでは……？」

お嬢様姿の麗子にすり寄ろうとしていた風祭警部が大声を出した。

「何だって！　それはまずい！　大いに！」

「部屋の外で控えている警備員を中に入れますか？」

「ダメだ！　部屋の中には誰一人として入れるな！　僕が行く！」

言って駆け出す前に麗子を振り返った。「ショウレイさん！　しばしお待ちを！」

そして闇の中を駆けて行った。取り残された麗子は判断に迷う。あれ……？　この場合、わたしはどうしたらいいのかしら？　警察官の一人として人命救助に……、っていうかここから飛び降りたらたぶん死体が二つになっちゃうだけだし……。じゃあここは可憐《かれん》なお嬢様として貧血の一つでも起こして素敵な男性に受け止めてもらうとか……。

混乱した麗子の頭に船内放送の声が響く。

〈フル・アスターン！　停船後、すぐに救助艇を降ろせ！〉

＊ 8 ＊

「もう！ 影山、どこ行ってたのよ」

転落事故から数分、予備電源も立ち上がり、光の戻った船内はようやく落ち着きを取り戻し始めていた。麗子たちはグランド・ピアッツァにいる。プリプリ怒る麗子に影山が苦笑いしている。

「ですからお部屋の見回りを……。室内に異状はございませんでした」

「真っ暗闇の中で、わたしがどれだけ怖い思いしたかわかってるの、あなた」

「それはお詫《わ》びいたします。ですがお嬢様、現役の刑事ともあろうお方が停電を『怖い』などと――」

「うるさい。怖いものは怖いの」

「もう怖くありませんよ！」

聞きたくない声がまたやってきた。麗子は口の中で舌を鳴らして声の主に背中を向ける。風祭警部はそんなのまったく気にしない。

「いやあ、ショウレイさん。とんだ災難でしたね。でも、この風祭が戻ってきたからにはどうぞご安心を」

風祭警部のすぐ後ろに松茂警備主任がくっついている。無線機で何やらやりとりしているようだ。警部の肩を背中から叩いた。

「警部、転落者を引き上げたので立ち会ってほしいと連絡が……。一緒に来ていただけますか？」

警部は隠すそぶりもなく首を横に振る。

「いや、ダメだダメだ。どうせ事故だろう？　ここから僕は、ようやくショウレイさんと二人で……」

警察官にあるまじき物言いだ。麗子は上司の暴言を心のメモ帳にもれなく記載する。

松茂警備主任が困っている。

「しかし……、船長がどうしても警部に来てほしいと」

「ハーイ。しかたないな。そういうことなら部下の宝生君も呼ぼう」

警部がサラリとそう言った。麗子はビクリと肩を震わす。

「え？」

風祭警部が歩き出した。麗子を振り返って言う。

「ショウレイさん、少々お待ちを。たしか、宝生君の部屋は六〇九号室……。ＫＫロック！」

「ええ？」

麗子は影山の方を向く。影山がしゃがみ込んで麗子のヒールに手を伸ばした。脱がそうとしている。

「お嬢様、お急ぎを」

「えええ？」

何これ。走れって意味？　風祭警部の後ろ姿はすでにエレベーターの前だ。

「ご武運《ぶうん》を」

ハイヒールを両手に持った影山のエールに見送られて、ドレス姿の麗子は半分泣きながら走り出した。

＊

地味なパンツスーツ姿に着替えた麗子は、肩を上下させながら荒い息のまま風祭警部の背後についていた。引き上げられた遺体は検視のためにとりあえず医務室のベッドに寝かされている。医務室にいるのは、船長の海原と藤堂支配人、警備主任の松茂、風祭警部、それに麗子と影山だ。息が荒い麗子に影山が口を寄せて尋ねてくる。

「お嬢様……。先ほどは事なきを得ましたでしょうか？」

ハアハアしながら答える。

「見ればわかるでしょ」

「では間に合ったと……。さすがでございます。エレベーターより速く階段を駆け下り、見ず知らずの誰かの部屋に強引に踏み込んで、なおかつ風祭警部をうまくごまかしたと」

「六〇九号室の乗客に思い切り怪しまれちゃったわよ。とりあえず笑顔で『グ、イブニーン』とか言ってごまかしたけど」

「さすがでございます、お嬢様。しかし、ホウ・ショウレイ姿のお嬢様を見て、風祭警部はお気づきにはならずに？」

「とりあえず両手の指で眼鏡つくって、ドアから顔だけ出したら大丈夫だった。あの人、眼鏡の有無だけでわたしを認識してるのかしら。どう思う、影山？」

「……黙秘いたします」

風祭警部は思い切り不満顔だ。さっきも麗子に「ショウレイさんと素敵なナイトクルージングのはずが……」とか言っていたから、麗子は警部の腕を摑んで強引に医務室まで引っ張ってきたのだ。

「警察官なんですからちゃんと協力してください」

不満顔の風祭警部のすぐ脇には、海原船長、それに藤堂支配人が並んでいる。全員の視線の先は引き上げられた男の遺体だ。白衣を着たヴァーゴ号クルーの結城《ゆうき》医師が医療用ピンセットの先端で救命胴衣の胸の部分を持ち上げている。

風祭警部が結城医師に尋ねた。

「事故ですか？　それとも自殺？」

結城医師は答えない。無言のまま、遺体の黄色い救命胴衣に手を伸ばした。胸の部分のベルトを外してバサリと両脇に広げる。

「あ！」

麗子は思わず声を上げた。風祭警部も「おお！」と声を漏らす。

遺体の左胸の部分に大きな銃創《じゅうそう》があった。シャツが破れ黒々とした穴が見える。結城医師がピンセットを傷穴に当てた。傷の深さを測ってため息をつく。

「銃弾の痕《あと》……、ですね。左胸部に一発、背中まで貫通しています」

「ではこれは……、殺人？」

麗子の呟きに風祭警部が突然大声を出した。さっきまでの無気力はどこへやら、いつもの現場での無駄に高いテンションを取り戻したみたいだ。

「いや！　待ちたまえ宝生君。銃で撃たれた傷があるからって殺人事件とは限らない！　自分の胸に銃口を向けて引き金を引けば、それで立派な死体のできあがりさ。これは他殺に見せかけた自殺である可能性も……」

「でも警部。遺体は救命胴衣を着ていました」

「うん？　それがどうかしたかね宝生君」

「救命胴衣に銃で撃たれた痕はありませんでした。つまりこの遺体は『撃たれた後に救命胴衣を着せられた』ということでは？　ですからこれは自殺ではなく――」

「ハイハイハイ！　最初からわかっていたよ僕は！　やはりこれは僕が最初から思っていた通り〝他殺〟だ！　何しろ遺体は救命胴衣を身に着けているんだからね」

――だから今、わたしがそう言ったじゃない。

麗子は心の中で突っ込む。風祭警部、すっかり本調子だ。いつもの超場当たり的推理が暴走しはじめている。

「この救命胴衣は、この船に備え付けのものでしょうか？」

影山が遺体をまじまじと見つめながら結城医師に尋ねている。結城医師が肯《うなず》くのを確認すると、今度は救命胴衣の胸回りを観察し始めた。麗子は不思議に思って影山に聞いてみる。

「何か見つけたの？」

「いえ……」

影山に目を向けていたら、風祭警部がいつの間にかこちらを見ていた。

「そういえば、なぜ君がここに？」

風祭警部が影山を指差して言った。麗子は返答に困る。

「あ……、この人は、あの……、そう！　探偵！　私立探偵をしているそうでして！」

苦し紛れにそう言ったら風祭警部の目が光った。

「ほほう。君は探偵だったのかい。いつもショウレイさんと一緒にいる君が探偵ねえ」

影山が警部に向かってお辞儀をした。よどみなく言う。

「わたくし、探偵の影山と申します」

「ふふん。つまりは素人！　今すぐGet out!　出ていきたまえ！」

風祭警部の一喝を影山は華麗に受け流す。

「わかりました。それではショウレイさんと船上デートでもしてまいりますゆえ」

「いいや！　ぜひ一緒に捜査しようではないか！　名探偵君！」

いつもながら風祭警部のわかりやすさは一級品だ。

「警部、とにかく早く警察に知らせないと……。クルーズは中止して最寄《もよ》りの港へ向かいましょう」

松茂警備主任が至極まっとうなコメントを口に出した。麗子にはそれが、風祭警部の作り出す混沌《こんとん》の中で一筋の光に見える。

「このような事件性の高いトラブルが起きた際には、最寄りの港で乗員乗客全員の聞き取り調査と持ち物検査が行われるのが通例ですから」

海原船長も深く肯いている。

「うむ。そうだな」

ただ一人、風祭警部だけが額に汗を浮かべていた。口の中で小さく、「持ち物検査……」と繰り返している。その様子を見て麗子は思い出す。前に、殺人現場でテンション上がっちゃった風祭警部が勢いで「密室殺人です」とかマスコミに発表しちゃって、そのあとで、実は鍵が間違ってただけで密室でもなんでもなかったってことがあった。あの時と同じ泳ぎまくった目をしている。やっぱり、警部の部屋の前で聞いた「あ」という声は聞き間違いじゃなかったらしい。

「いやいやいや。港に戻ってはいけない！　犯人が逃亡するおそれがある」

「しかし警部」

「海原船長、大丈夫です。僕が必ず犯人を逮捕してみせましょう」

海原船長の肩に手を置いてそんなことを言う。勢いよく麗子を振り返った。

「そうと決まれば宝生君！　緊急招集だ！　今すぐ捜査会議を開始するぞ」

＊　9　＊

セキュリティオフィス内のテーブルに数枚の紙片が並べられた。警備主任の松茂が重々しく口を開く。

「殺されたのは、レイモンド・ヨー。六十八歳。シンガポール人の投資家です」

松茂がレイモンドのパスポートを持ち上げて皆に示した。テーブルの上には赤い表紙の雑誌が一冊置かれている。

「この経済紙の表紙で笑っているのがレイモンド・ヨーです。グローバルエコノミーが発表した世界の富豪トップ一〇〇にも名を連ねる大資産家でした」

長い髭が顔のほとんどを覆っていて恰幅《かっぷく》のいい熟年男性だ。不敵な表情をしていた。同じ金持ちでも、どこかの御曹司みたいにノーテンキな印象がまったくない。麗子はチラリと警部に目をやる。風祭警部はうんうんと肯きながら松茂警備主任の報告を聞いているだけだ。

「やはり、最寄りの港に寄港した方がよいのでは？」

海原船長が言う。風祭警部がすぐにくってかかった。「いやいや、それはちょっと待ってください船長！」

「しかし……」

そこに船員が駆け込んできた。ドアを開けるや否や叫ぶように言う。

「船長！　ブリッジにファクスでこれが……！」

船員が持ってきたのは英文の書かれた一枚のファクス用紙だった。海原船長が手に取って、英文を訳しながら皆に伝える。

「……読み上げます。『……このまま定刻通りシンガポールを目指し、寄港と同時に乗員乗客全員を即時解放せよ。それまで外部との連絡は一切禁止。ルールを破れば新たな犠牲者が出る……』」

「犯人からの警告文？」

麗子の短い叫びに海原船長の声がかぶさった。「ファクスの送信元は？」

船員が答える。「……船内ということしか……」

藤堂支配人が声を詰まらせる。

「そんな……。ルールを破ったらまた被害者が出るなんて……」

麗子も身を固めていた。呟く。

「でも……、なんでこんなことを……」

「言うなればこれは、乗客乗員三千人を人質にとった、『犯人の姿なきシージャック』でございますね」

影山が告げた。皆の視線が影山に集まる。

「ただ……、犯人は外部との接触を禁じただけで、捜査をするなとは言っておりません」

海原船長が影山の言葉を聞き留めて尋ね返す。

「それはどういうことかね？　まさか、我々だけで犯人を捕まえると？」

影山は答えなかった。ただ、強い目で海原船長を見るだけだ。

藤堂支配人が顔を曇らせたまま呟いた。

「シンガポールに着けば全員解放ですよ。あと七日しかない」

影山がゆっくりと口を開いた。間を置いて、全員に聞こえるようにはっきりと言う。

「しかし……、犯人は必ずこの船の中におります」

無言の時間が流れた。口を開く者は誰もいない。

やがて、海原船長の決断の声が響き渡った。

「……パニックを避けるために、乗客にはこの件は〝自殺〟ということで説明しておく。船内のセキュリティレベルも最大の3まで引き上げる。犯人を警戒し、新たな転落者を出さないように、船尾両舷《りょうげん》にワッチ（船橋に立つ当直）を立て、二十四時間体制で監視を続ける」

藤堂支配人が怯《おび》えたような声を出した。「では……、犯人の指示に従うのですか？」

海原船長は苦渋《くじゅう》の表情のまま肯いた。

「……しかたあるまい。わかっているだろうが、ここにいる皆さんも他言は無用だ。乗客の安全を最優先に、犯人の特定を急げ」

声を張り上げた。

「針路を維持する。今は犯人の要求に従おう」

第２章

＊　1　＊

「で、なによその恰好《かっこう》は」

地味なパンツスーツ姿の麗子は、隣でインバネスコートに身を包み、鹿撃《しかう》ち帽をかぶって巨大な虫眼鏡を構えている影山に不機嫌に尋ねる。影山が目だけを動かして麗子を見た。いつもどおりの何考えてるのかわからない表情だけど、こいつ絶対楽しんでる。パイプまで咥《くわ》えてすっかりホームズ気取りだ。

「……なにしろ、わたくし探偵でございますゆえ」

「ちょっとあなたね、捜査を舐《な》めてない？　すぐに着替えてらっしゃい」

「……幼少の頃から、将来は探偵か野球選手になりたいと願っておりましたもので」

麗子は呆《あき》れる。放《ほう》り投げるように呟《つぶや》いた。

「だいたいどこから持ってきたのよその衣装は」

麗子と風祭警部、それに成り行き上〝私立探偵〟ということになった影山は、レイモンド・ヨーが殺害されたと目されるレイモンドの客室にやってきていた。警備主任の松茂も一緒だ。松茂が書類をめくりながら風祭警部に報告している。

「凶器となった拳銃《けんじゅう》は見つかりませんでしたが、床にはレイモンド氏が殺害された際のものと思われる血痕が残っています。ここが殺害現場とみて間違いないかと」乾きかけてコールタールのように見える血だまりを、膝《ひざ》を折って眺めながら麗子は言う。

「拳銃は……、残されていなかったんですね？」

「ええ。犯人が持ち去ったものと考えられます」

「では……、犯人は凶器を所持したままであると」

武器を持った危険人物が船内に野放しにされているのだ。しゃがみ込んだまま麗子は唇を嚙《か》む。

「……こちらの窓は？」

いつの間にかバルコニーの窓に近づいていた影山が松茂に尋ねた。レイモンドの宿泊していたエグゼクティブスイートルームは、海側の壁一面がガラス張りで景観が楽しめるようなつくりだ。

影山が窓を示しながら言う。「窓が少しだけ開いておりますね」

「現場は保存したままです。昨夜から、その状態でした」

松茂の返事を確認して影山が顎《あご》に手を当てた。不必要に大きな虫眼鏡で、握りこぶし二つ分ほど開いた窓の桟《さん》を注意深く観察している。

風祭警部が突然大声を上げた。

「ハイハイハイ。見えるよ。怖いぐらいに見えるよ昨夜の状況が」

麗子は部下として尋ねねばならない。ため息交じりに警部に聞く。「警部はどのようにお考えで？」

「宝生君、君には見えないのかい？　犯人はレイモンド・ヨーの部屋に入り、拳銃でレイモンドを撃って殺害。遺体を処理するためにベランダからジャッポーンと海に捨てた」

そこまで語ってクルリと体を回した。皆の顔を順番に眺める。

「しかし下の船外デッキでは花火鑑賞の真っ最中。犯人の意図とは違って、落下した遺体は発見され、船に引き上げられてしまったというわけさ」

最後に麗子に向かって「どうだ」って顔で人差し指を突き付けてきた。しかたないから麗子は答える。

「しかし警部。なぜレイモンド氏は救命胴衣を着ていたのでしょうか？」

風祭警部が指さし確認のポーズのまま固まる。

「それは……」

パッと顔が明るくなった。何か思いついたらしい。

「発想が貧困だね君たちは。簡単さ。救命胴衣は殺される前からレイモンド氏が自ら身につけていたんだ」

麗子の顔が「?」になる。

「極度の心配性のため転覆《てんぷく》を恐れてビクビクしていた、とか」

麗子は床に落ちた輪ゴムみたいに唇を歪《ゆが》める。

「もしくは、あの黄色い救命胴衣が彼独自のファッションセンスにビビッドしたという可能性もある」

大丈夫なのかこの人は。

「……しかし警部、それでは昨夜の検視結果にあった、〝救命胴衣に銃痕が見られなかった〟ことの説明がつかないのでは? 検視の結果からは、『レイモンド氏は殺害された後に、何者かの手によって救命胴衣を着せられた』と考えるのがやはり自然なのでは……」

松茂警備主任が首をひねりながら会話に加わってきた。

「ですが……、犯人がわざわざそんなことをする理由などあるのでしょうか?」

麗子にもそれは疑問だ。影山をチラリと見てみたけど、影山はまだ窓のあたりを熱心に観察しているだけだ。ヒントはくれそうもない。

気を取り直して次の問題に挑もうとする。

「それと、この少しだけ開いた窓なんですが……」

麗子が二十センチほど開いた窓に手をかけようとしたとき、影山の手が伸びて麗子の手を塞《せ》き止めた。「お嬢様。少々お待ちを……」

白手袋の自分の指を広げて窓の隙間《すきま》を確認している。

麗子は頰《ほお》を膨らませた。

「……あなたが現場にいると、なんだかやりづらくてしょうがないわ」

「わたくしはいつものようにお嬢様の言葉に頼るだけではなく、より正確な情報が得られ、大変合理的でございます」

嫌味のつもりで言ったのに嫌味で返された。観察を終えたのか、影山が窓を開けてベランダに出る。今度はベランダの手すりを虫眼鏡で観察しはじめた。まるで本当の探偵みたいに見える。

「お気づきですかお嬢様。この部分に擦れたような跡がございます」

影山に言われて見てみたら、ベランダの手すりのところに確かに擦れたような跡があった。麗子は素直に、「ほんとだ。気づかなかった」と口に出す。

それを聞いて影山が呆れたような顔になった。

「何よ」

「いえ……。少しばかり驚いただけでございます」

「何でよ」

「……このような大事な痕跡《こんせき》を見落とされるとは、お嬢様の日ごろの捜査活動にいささか不安が……」

「なによ。それじゃいつものわたしの捜査が甘いみたいじゃない」

影山の隣に立って腰に手をあてて威嚇《いかく》する。

「いいえ。とんでもない。ただ、お嬢様には洞察力と想像力と推理力が欠けていらっしゃると感じていただけでございます」

「それ、すべて無いってことじゃない！」

しゃあしゃあと。この毒舌執事め。

捜査を続ける麗子たちの背後で、藤堂支配人と松茂警備主任が何やら話している。

藤堂支配人はずいぶんと困った顔だ。

「まいりました。乗客から依頼が殺到しているのですが……」

どうやら、本来なら松茂たち警備担当のクルーが行う船内の紛失物捜索などの日常業務が、レイモンド・ヨー殺人事件の捜査に人を駆り出しているせいで大幅に滞《とどこお》っているらしい。

「困りました……。迷子が三件、遺失物が七件、ケガ人から客室トラブルまで……。満室で客室係も動かせないし、こんなときに探し物が得意な方がいらっしゃれば……」

麗子は影山を肘《ひじ》でつつく。「ほら、影山。仕事よ」

「？」

「あなたが代わりにやりなさいよ。探偵なんだし」

「わたくしが……、ですか？」

風祭警部がニヤニヤしている。「影山君。それじゃあ、探し物に追われてショウレイさんとの時間がなくなってしまうのはしかたないねぇ」

渋っている影山の背中を麗子はグイグイ押す。「大丈夫よ安心していってらっしゃい影山君。あなたがいなくてもすぐに犯人なんて挙げてみせるから。きっと明日にはもうバカンスだわ」

影山がうらめしげに麗子を振り返った。麗子にはその視線が嬉《うれ》しい。

「……承知いたしました。ただ一つ心残りなのは、このままでは『迷宮入り』が確実だということ……。これを不幸と言わずして――」

「早く行きなさい。ほらほら！」

＊ 2 ＊

「だあー」

無意味な声を漏らしながらレイコスイートのソファに正面から倒れ込んだ。バフンと空気が吐き出されて麗子の顔がソファに半分埋まる。赤いドレスが皺《しわ》になるのも構わずにソファに顔を擦りつけた。

しんどい。

成果が出ない捜査ってこんなにしんどかったっけ。今まで、どんな事件でもだいたいその日のディナー前後には解決していたから、数日連続した捜査活動がこんなにしんどいなんて忘れかけていた。にくい。今、主《あるじ》たるお嬢様がこんなに疲労困憊《こんぱい》しているのに、涼しい顔して紅茶を淹《い》れている執事がにくたらしい。

「……お嬢様におかれましては、連日の激務で大変お疲れのご様子。どうやらバカンスどころではないようでございますね」

体を起こす気力もなくソファに顔を埋めたまま、麗子は身じろぎだけで「ＹＥＳ」

と答える。何も言わない。

テーブルにティーカップが置かれる音。影山の静かな声。

「捜査が難航しているようでございますね。確か、三日ほど前には『明日にはもうバカンス』と……」

「………」

言い返す気力もない。モゾモゾ寝返りみたいに体を裏返して影山をにらんだ。

影山が麗子の目の前に紅茶を運んできた。

「エステにネイルにショッピング。ああ、連日連夜のキャンセル、キャンセル。はじめての有給休暇、せっかくの船旅なのに、いつになったらお嬢様のバカンスは——」

影山の挑発を聞き流しながら麗子は紅茶を啜《すす》る。心の中で天秤《てんびん》が揺れる。なんてことなの。わたしはまたこの生意気な執事に屈服するっていうわけ？　この、明らかにわたしの降伏宣言を待っている執事に。でも、このままでは刑事生活初のバカンスが本当に捜査活動だけで終わってしまう。まだわたし、パンツスーツ以外にはドレスだってほとんど着てないのに。パーティーだって、エステだって、この船には何だってそろっているっていうのに……。

天秤がガクンと傾く。結構あっさり受け入れられた。ああ、もういいや。聞いちゃおう。この生意気な執事が何言っても、「はいはい。わたしが悪うございましたー」とか言ってればいいや。

「言う。捜査状況全部言うから、あなたの推理をわたしに聞かせてちょうだい！」

＊

麗子は時系列に沿って、得られた証言と捜査の結果を影山に告げていく。

「まずね。殺害現場周辺での目撃情報を集めたの。そしたら『怪しげな男を見た』って証言する人がいたわけ」

＊

証言1　――ザ・オブザーバトリーデッキ――

麗子の質問にアロハシャツの男は答えた。

「ああ。怪しい男がいたよ。停電になった直後に、長い髪でステッキを持った男がスイートルームフロアに走っていったんだ」

男の証言を得て、麗子と松茂は互いに顔を見合わせた。風祭警部も真剣な顔で聞き入っている。

「暗闇《くらやみ》の中を走っていくなんておかしいですね」

松茂が言う。麗子はアロハシャツの男に勢い込んで尋ねた。

「顔は？」

「暗くて見えなかったな」

「でも、見かけたのは停電の直後だったんですね？　警部、これは……！」

風祭警部が大きく目を見開いた。

「現場からも近い。タイミングもレイモンドが落下した直後！　犯人が逃げて行くところと見てまずまちが――」

麗子は慌《あわ》てて警部の口を塞《ふさ》いだ。アロハシャツの男が不審げに麗子たちを見ている。

「犯人？　そりゃどういうことだ？　あれは自殺って聞いたぞ」

＊

影山が苦笑している。

「あの方には困ったものですね」

「そうなのよ。一瞬たりとも気が抜けないの。……それでね、船長の海原さんにその目撃証言を伝えたのよ」

＊

——船外デッキ　プールサイド——

「長髪で、ステッキを持った男が現場周辺で目撃されていました。現段階ではその男が重要な容疑者です」

麗子の報告を受けて、海原船長が口の中で、「長髪……、ステッキ……」と呟いた。

海原船長は藤堂支配人をチラリと見る。藤堂支配人は海原船長の視線に気づいたのか、ふいと目を逸《そ》らしたように麗子には見えた。

＊

麗子は紅茶を啜る。影山がスコーンを皿に盛っている。

「まずはこれで容疑者が浮上したってわけ。で、そのころ、船上探偵さんは何をしてたの？」

影山がゆっくりと口を開いた。

「そのころわたくしは、『プールに指輪を落とした』という依頼を受けて、捜索活動中でした」

「え？　プールに潜《もぐ》って探したの？　大変だったわね」

「いえ……。指輪はプールサイドですぐに見つかりましたもので、仕事のあと、プールの上で浮輪に揺られながら、極上のティータイムを……」

麗子はティーカップを影山に突き出す。影山がそれを受け取って優雅な仕草でテーブルに置いた。それを確認してから立ち上がった。鼻息とともに言う。

「人が必死に捜査してるときになに遊んでるのよ！」

「いえお嬢様。これも捜査の一環でございまして」

「嘘《うそ》おっしゃい！　捜査と関係あるわけないでしょ！」

「お嬢様、どうかお心を静められて、お話の続きを……」

麗子はストンとソファに腰を落とす。仕方ないから続きを話す。

「……で、そのあとに船内新聞の編集担当と会ったのよ。枕崎美月っていう女性なんだけど」

影山がテーブルから一枚の紙片を摘《つま》み上げた。「この、毎日発行されている船内新聞でございますね」

「そう。船内のその日の情報をまとめた印刷物ね」

影山が愛《いと》おしそうに紙面に目を落としている。

「わたくしも毎朝愛読しております。特に、この船内のクルーを紹介する記事が読みごたえがあって――」

「あなたの趣味はどうでもいいから。でね、その船内新聞の取材で、枕崎美月がレイモンド・ヨーに会っていたのよ」

＊

証言2 ――船尾デッキ――
「取材の待ち合わせ場所に行ったら、何かすごく嬉しそうにしていたんです。それでレイモンド氏に『どうして笑っているんですか?』って理由を聞いたら、『この船でちょっと面白いやつに会ってね』って……」

風祭警部が枕崎記者に尋ねた。

「面白いやつ……？　それは誰でしょうか？」

「さあ？　それ以上は聞かなかったので……」

「レイモンド氏は『誰かに会う』と？」

枕崎記者が天井をにらみながら考え考え答える。

「確か……、醬油《しょうゆ》メーカーの御曹司の京極天《きょうごくのぼる》様と、『ポーカーをする』っておっしゃってました」

風祭警部が「ほほう」と声を漏らす。

「ちなみに、僕も風祭モータースの御曹司でしてね。どうです？　船から車に乗り換えるのであれば、僕の助手席が空いていますよ」

何言ってるんだこの人は。ちょっとかわいい人に出会うとすぐこれだ。

「あ。警部、あそこにショウレイさんが」

麗子の嘘に、風祭警部の肩がビクリと跳ね上がった。

＊

「それで今度はカジノに行って、レイモンドと会う約束をしていたっていう京極天に会ったのよ」

＊

証言3　――船内デッキ7　カジノ――

「あいつとはギャンブル仲間で、今回もサシでポーカーをする約束だったのよ。それがあんなことになってなぁ」

シルバーの派手なスーツにオールバックの黒髪。年齢は四十代半ばだろう。京極天は麗子と風祭警部が話を聞いている間もトランプのカードを手放さなかった。テーブルの上にはかなりの厚みのある札束が無造作に置いてある。

「しかしなぁ、レイモンドが死んだとなると、ボクは誰と勝負すりゃええんかのう。誰か金持ってるやつ知らへんか？　ディーラー相手にチンタラ賭《か》けてても、こう、グッとこないわけよ。ボクはねぇ、こう、ヒリヒリしたいんですよ」

京極の話を受け流して質問を続けた。

「レイモンド氏が誰かに恨まれていたとか、心当たりはありますか？」

麗子の問いに京極はニヤリと笑う。唇を大げさに歪める笑い方だった。

「恨む……？　そりゃあ敵は大勢おったでしょ。昔は詐欺《さぎ》まがいのM&Aで巨万の富を築いた言われてる男やし。あ、そや。お姉ちゃんも知ってるのとちがうか？　かつて、海運業で世界を制した香港のリー財閥を破綻《はたん》に追い込んだんも、あいつの仕業やって噂《うわさ》やで」

下品な物言いと態度に若干イライラしながら風祭警部に尋ねた。京極に聞こえないように小声で。

「警部、リー財閥ってご存じですか？」

風祭警部も小声で応じる。

「しかし何だね宝生君。こいつ、完全にダメなボンボンだね」

「はあ」

「社会の荒波をぜんぜん知らないって感じだね」

「同じような方をわたしはよく知っていますが」

＊

麗子は二杯目の紅茶に口をつける。影山は静かに話を聞いている。

「で、そのころあなたはどうしてたわけ？」

「はい。そのころわたくしは、お嬢様と同じくカジノにて活動中でございました」

「え？　そうなの？　見かけなかったけど」

影山が楽しげに笑う。

「ええ。何しろわたくし、カジノのマスコットキャラクター、〝ブラックチャックくん〟の着ぐるみの中におりましたゆえ」

「え？　何よそれ」

「おや？　ご存じありませんか？　あの顔はペンギンか、はたまた別の生き物か……、とにかく、えも言われぬ味のある顔をして、濃紺のベストを身につけたキャラクターでございます。パーティー会場で一目見てからというもの、あのふてぶてしいチャックくんの表情に一目惚《ぼ》れしてしまい、どうか代わってほしいとお願いを……」

幸せそうに語っているけどまったく意味がわからない。

「ですから、あのときのわたくしは、影山ならぬ〝ブラックチャックくん〟でありましたゆえに、お嬢様の目には留まらなかったのではないかと」

冷たく言う。

「ていうか、それ、何か意味あるの？」

「いえ……。わたくしの趣味でございます」

呆れる。

「ただ……、ブラックチャックくんのあのふてぶてしい目は、内側からは思いのほか視界が利かず、わたくし、ルーレットで遊戯《ゆうぎ》に興じていらっしゃった乗客の女性にぶつかってしまいまして……」

「あ！　そういえばルーレットの方が何か騒がしかったけど、アレあなただったの？」

「はい。そのぶつかった乗客というのが、お嬢様もお会いになられた例の〝恵比寿様〟でして……」

「わ。ちょっと怖そうな人だったじゃない。大丈夫だったの？」

「それが……、わたくしがぶつかったはずみで思いがけない数字にチップを置いてしまったものの、それがたまたま的中したとかなんとか……。わたくし、お詫《わ》びのために着ぐるみを脱いで頭を下げようとしたのですが、結果として大変喜ばれることとなりました」

また呆れた。

「ふうん。あなた……、ツキもあるのね」

＊

ティーカップをカチリと鳴らした。それを置きながら言う。

「まあ、さんざん聞き込みして成果はこのくらい」

影山が黙ったまま、空になった麗子のティーカップに紅茶を注いでいる。

「とにかく、なんで遺体が救命胴衣を着ていたのか、それが謎《なぞ》なのよねぇ。……どう、影山？　あなたは何か気づいた？」

影山がチラリと麗子を見た。残念なものを見るときの目。風祭警部に向ける目と同じ目だ。

イラッとくるけど仕方ない。これはもう通過儀礼みたいなものだ。麗子お嬢様だって学習している。この生意気な執事の毒舌にさらされ続けて幾年月。受け流し方だって慣れてきた。

「ふふん。その様子だと謎が解けたようね。どうせあなたはわたしのこと、アホだの節穴だの言うつもりなんでしょうけど、事件解決のためなら執事の毒舌くらいなんてことないわ。軽く受け流せばいいだけのことよ。麗子お嬢様のキャパシティは無限なんだから」

「…………」

「何よ。言いたいことがあるならおっしゃいなさい」

いつもの流れだ。ちょっと心臓の鼓動が早くなりつつあるけど平気な顔をする。

「……ではお嬢様。わたくしの思いを正直に申し上げてよろしいでしょうか」

「ええ。いいわよもちろん」

バクバクし始めた。麗子は平静を装って、執事の毒舌に備えて心にしっかりとシェルターをかける。

「……失礼ながらお嬢様」

はい、来た。

「……お嬢様の捜査はしごく真っ当でございます」

麗子の思考がフリーズする。

「しかしながらわたくし、今回の事件の真相、皆目《かいもく》見当もつきません」

麗子の頭の中が逆回転をはじめる。

五秒後に理解した。

「えぇぇー！」

今なんて言ったの⁉

「どうなさいましたお嬢様」

「『どうなさいました』って……。あなたが毒を吐かない⁉ しかもさっぱり事件の真相が見えない⁉ そんなことってあるの⁉ ありえるの⁉」

影山は直立不動の姿勢で当たり前のように答える。

「もちろん、証拠が揃《そろ》わなければ謎の解きようがございません。今回の事件の犯人はかなりの切れ者かと」

愕然《がくぜん》とする。体中から力が抜ける。

「そんな……、影山にも解けない謎なんて……」

麗子は立ち上がってフラフラと部屋を出ようとした。影山が麗子の背中に声をかける。

「お嬢様、どちらへ？」

麗子は力なく答える。あまりのことに頭がオーバーヒートしている。

「ちょっと、夜風に当たってくる」

冷たい風に当たったら、頭からプスプス煙が出てしまいそうだ。

＊３＊

影山にも解けない謎があるなんて……。

考え事をしながら夜のデッキを歩いた。ヴァーゴ号の外部デッキは木組みでできていて、ヒールで歩いても足音はあまり響かない。船内は常に明るいけど、外部デッキの照明はしぼられていた。その方が海が見えるし、岸に近づけば夜景は美しい。

海風に混ざって、細い歌声が聞こえてきた。麗子は歌声の方にゆっくりと首を回す。デッキのハンドレールに背をもたれさせて、藤堂凜子が夜空に向かって透明な声で歌っていた。

「いい夜ね。凜子さん」

凜子が歌い終えるのを待って、麗子は静かに語りかけた。凜子が麗子に目を向ける。その目がやさしく笑っていた。

「あ、麗子さん」

「――その歌は？」

凛子は少しだけはにかんで見せた。夜目にも凛子の頬が薄く染まったのがわかる。

「今の歌は……、子どものころ、お父さんが歌ってくれていた歌なんです」

「藤堂さんが？」

「ええ」

凛子がゆっくりと首を回して、巨大な豪華客船を見渡した。暗い空には満天の星々。

「……私、物心ついた頃からずっと船にいて、周りには子どももなんていなかったから、ずっと一人で……。そんなときにお父さんが、よく歌ってくれたんです」

「ふうん。同じ年くらいのお客さんとは遊ばなかったの？」

凛子は悲しそうに微笑《ほほえ》んだ。

「仲良くなりましたよ。世界中のいろんな子と。でも、港についたら必ずお別れ。最後は『ボンボヤージュ！』って笑顔で送り出すだけですから」

麗子は口の中で繰り返す。ボンボヤージュ。良い旅を。

「友達だと思えた人には、そう言って別れることに決めているんです」

「……そう」

麗子は呟きながら、悲しい話だな、と思う。出会った瞬間から別れの決まった出会いなんて、幼い子どもにとってどれほど辛《つら》いことだったのだろう。洋上を行く客船でずっと暮らしてきたんだ。凛子さんには、心を許せる友人や恋人なんているんだろうか。腹を割って話ができる、気の置けない友人がほんとうは欲しくてたまらないんじゃないのだろうか。

「あ！　石川さん！」

考えている麗子の耳に凛子の明るい声が届いた。麗子は顔を上げて凛子を見る。大きく手を振っていた。振り返ると、コックコートを着た男がこちらに近づいてくるのが見えた。凛子は頬を染めていた。本当に嬉しそうだ。

「もしかして、彼とお約束だった？　お邪魔だったみたいね」

麗子は言って凛子から離れようとした。凛子が、「いいえ」とやっぱり華やいだ顔で答える。彼に会えた喜びを抑えきれないという感じだ。

凛子のもとにやってきた石川という男に、凛子が弾んだ声で話しかける。

「石川さん。ごめんね呼び出したりして。あんな事件があったからなんだか不安で」

石川は凛子の肩に優しく手を置いて答えた。

「大丈夫だって。俺がついてるんだから」

「うん」

二人のやり取りを目の端で捉《とら》えながら、麗子はゆっくりとその場を離れていった。

凛子がそれに気づいて麗子に声をかける。

「麗子さん。船旅、楽しんでくださいね」

遠くから麗子は答える。

「ありがとう。凛子さん、よかったわね。ずっと一緒にいられる相手が見つかって」

凛子の顔がほころんだ。蕾《つぼみ》が開くような笑顔だった。

「はい……！」

＊　4　＊

「いなくなった!?　石川さんが!?」

翌日の朝、麗子と影山は海原船長に呼び出されて船内のギャレーにやってきていた。ギャレーには総料理長の虎谷をはじめ、海原船長、それに風祭警部もいた。麗子たちに報告しているのは、総料理長の虎谷だ。

「石川は昨日の深夜からシフトに入っていたんです。ですが、シフトの時間になっても来ないので部屋を見に行ったら部屋にもいなくて……。昨日の夜、コンパスデッキで凛子ちゃんと会ったのを最後に、誰も石川を見てないんです」

麗子は唇を噛む。昨夜のコンパスデッキ。麗子が凛子と会話をしたあの場所だ。

「……昨夜、その場所にはわたしもいました」

石川さんと会えて、あんなに嬉しそうにしていた凛子さんを見たばかりなのに。

「船内は探したのですか？」

風祭警部の質問に虎谷料理長は頭を横に振る。

「昨日の夜から思いつく場所はすべて探しましたが……」

「石川天明氏が海に落ちた、という可能性は？」

警部が尋ねる。考えたくない可能性だが除外はできない。

「……両舷《りょうげん》をワッチが監視しているのでそれはないかと」

少しだけ安心した。麗子はおそるおそる聞いてみた。

「あの……、それで、凛子さんは？」

石川天明の失踪《しっそう》という事実より、〝恋人が失踪した〟ことを藤堂凛子がどう捉えているかの方が不安だった。昨日のあの様子からしてわかる。凛子は完全に、石川天明を愛していた。

「相当ショックだったらしく、今は医務室に……。藤堂支配人が付き添っています」

「…………」

やはり。

沈み込んだ空気をかき混ぜるようにして海原船長が指示を出した。

「とにかく、もう一度船内を探そう」

＊　5　＊

十二階デッキのプールサイドで、高円寺健太と雄太の兄弟は船内用の無線機に聞き入っていた。一つの無線機からイヤホンを伸ばして、片耳ずつ聞いている形だ。さっきから人の動きが慌ただしい。大勢いる乗客の間を縫《ぬ》うようにして、クルーたちが船内を走り回っている。

高円寺健太は雄太だけに聞こえるように口の中で言う。

「どうやらこの前の飛び込みは〝殺し〟だったようだな」

無線機を耳に近づけたまま雄太が答えた。「うん。それにまた誰か消えたって」

「それで船内がざわついてるってわけか……。これは……、チャンスだ」

「騒ぎが大きくなれば警備は手薄になる。Kライオンを狙《ねら》うにも、きっと大きなチャンスがくるにちがいない」

「チャンス？」

高円寺健太が、無線機から伸びていたイヤホンを外した。満足そうに無線機を見てから雄太に向き直る。

「しかし雄太。こんないいもの、どこからちょろまかしてきたんだ？」

高円寺雄太は無線機に聞き入ったままだ。あっけらかんと答えた。

「そこの樽《たる》の上」

「え？」

「なんか普通に置いてあった」

高円寺健太は戸惑う。

「いやいやいや、そんなことってあるか？」

＊ 6 ＊

船内の人員をできるだけ割いて石川天明を捜索したが、手掛かりは何も得られなかった。無為に時間ばかりが過ぎていく。麗子たちの中にも焦りが募《つの》っていた。

凛子は気丈だった。石川天明の行方不明を知ったときはショックで寝込むほどだったというのに、夕刻が近づくとベッドから起き上がり、ステージに立つと言い出した。藤堂支配人や麗子は「無理をしないほうがいい」とやんわりと引き留めたけれど、凛子は頑として首を縦に振らなかった。

「私には何百回とあるステージの一つですけど、お客さんにとっては、今日が最初で最後かもしれないんですから」

そう言って笑って見せた。「大丈夫です。私、ステージは休みません」

それで麗子は今、凛子の立つステージを見ている。ギャラクシー・オブ・ザ・スターズ。定員三七〇人を誇るステージで凛子は歌う。

「恋人が行方不明なのに……」

気丈に歌う凛子を見て麗子の胸は痛む。麗子と並んでステージを見ていた海原船長がポツリと呟いた。

「責任感の強い子なんです。いや……、自分のことより、人のことを第一に考える子、と言った方が正しいかな」

「………」

「凛子さんも、藤堂支配人の人柄を立派に受け継いでいる」

麗子はカウンターバーに目をやった。麗子たちから少し離れたそこには藤堂支配人が立っている。悲しげな目でステージを見つめていた。右手には水の入ったグラスを握っている。

「あの……、藤堂さんは、石川さんのことを認めていたんですか？」

海原船長に尋ねた。藤堂支配人に直接尋ねるわけにもいかない。

「いや……。大切な一人娘ですから、藤堂支配人は交際には反対していました。……しかしこうなってしまうと、今ごろは認めてあげればよかったと思っているかもしれませんね」

麗子はそっと藤堂支配人に目をやった。支配人がグラスの水を口に含む。

麗子の父である宝生清太郎も、一人娘の麗子を溺愛《できあい》している。時に父の束縛《そくばく》を煩わしく思っても、愛されているのがわかるから無下にはできない。凛子の気持ちはよくわかった。

――石川さん、どこ行っちゃったのよう。

頭の中でそう嘆いた瞬間だった。麗子の目の中にいた藤堂支配人が突然膝を折った。

そのまま前のめりになって胸を抑える。支配人の手からグラスが落ちて床に当たり砕けた。水しぶきが舞う。悲鳴が起こる。

「藤堂さん！」

麗子は叫びながら藤堂支配人に駆け寄った。演奏が止《や》み、ステージ上からマイク越しに悲痛な叫びが響き渡った。

「お父さん！」

＊ 7 ＊

船医の結城千佳《ちか》が藤堂支配人の脈をとっている。「ふう」と息をついた後で、医務室に集まった麗子たちに伝えた。

「しばらく安静にしていれば大丈夫。命に別状はないわ」

それを聞いて凛子がその場にくずおれた。

「よかったぁ……」

麗子は凛子を支える。ベッドに寝かされている藤堂支配人をじっと見つめた。額にいくつも玉の汗をかいていた。顔色は蒼白《そうはく》だ。

――いったい何が……?

凛子が涙の跡を頰に残したまま、無理やり微笑みを作って言っている。

「気をつけてよ。お父さんがいなくなっちゃったら、私、ひとりぼっちになっちゃうんだよ」

藤堂支配人が、苦しそうに唇を曲げて凛子に微笑みかけた。

「ああ、大丈夫だ。安心しなさい。お父さんは平気だから」

結城医師がゆっくりと口を開いた。

「藤堂さんが飲んでいたミネラルウォーターから、強心剤の一種が検出されたわ。健常者が飲めば発作を起こす危険な薬品よ」

ベッドの上の藤堂支配人が「え……?」と呟きを漏らす。結城医師が薬品棚を顎で示した。

「おそらく……、誰かがあそこから持ち出したんだと思う。一袋、減っていたわ」

にわかに空気が緊迫した。麗子は慎重に言葉を選ぶ。

「つまり……、何者かが藤堂さんを狙っていた……?」

ただでさえ白い藤堂支配人の顔色がさらに白くなる。

影山が思い出すように呟いた。

「……ステージは満員の状態でした。乗客の注文を優先するので、クルーである藤堂支配人のグラスはカウンターバーにしばらく放置されていた」

麗子がそのあとをつなぐ。

「……だから、藤堂支配人のグラスに強心剤を入れることは、誰にでもできた」

皆の口数が少なくなった。結城医師が沈黙を破って告げる。

「藤堂さんは飲んだ量が少なかったのが幸いでした。もし、量が多かったら……」

それまで黙っていた海原船長が突然声を上げた。藤堂支配人に向かって言う。

「支配人、もう話した方がいい」

藤堂支配人が不安げな表情に変わった。「しかし船長……」

風祭警部がくいついた。

「どういうことですか?」

海原船長は答える。その場にいる全員の目を順に見てから口を開いた。

「実は……、藤堂支配人から昨日報告を受けていたんです。昨夜、石川君を探している最中、長髪でステッキを持った男を見かけたと……」

「長髪!?」

麗子は短い声を漏らす。

「ステッキ!?」

風祭警部も叫んだ。

「レイモンド・ヨーの部屋の近くで目撃された不審者と一致する!」

興奮する麗子と風祭警部を捨て置いて、影山が冷静に質問した。「しかし、なぜ黙っていたのですか?」

しばらくの沈黙があった。海原船長が藤堂支配人を見、それから観念したようにゆっくりと唇を割る。

「……その男が、『ファントム・ソロス』ではないかと危惧《きぐ》されたからです」

その場にいた全員の声が重なった。

「ファントム・ソロス!?」

海原船長は続ける。苦渋《くじゅう》に満ちた表情だった。

「……皆さんには『ファントム・ソロス』という名前が唐突《とうとつ》に聞こえるかもしれない。だが、実は十八年前、ソロスがこの船に潜り込んだことがあったのです」

影山のリアクションは大きかった。「ソロスがこの船に!?」

麗子は驚く。あの影山がこんな反応を見せるなんて。ていうか、ファントム・ソロスって誰？

「被害はなかったので公表は避けていました。宝生グループの企業の間でも、ごく一部の人間しか知らない事実です」

麗子を除いた全員が「ほほう」と驚いたり、何かを考え込んだりしている。尋ねづらい。「それって誰？」とか聞いたら、全員に「えっ⁉」って顔をされそうだ。

仕方ないから小声で影山に尋ねた。

「ねえ、影山。ファントム・ソロスって誰？」

影山にしか聞こえないように尋ねたのに、なぜか風祭警部がそれを聞きとめて麗子に顔をグイと近づけてきた。嬉しそうだ。カブトムシを見つけた小学生みたいな顔だ。

「なんと！　知らないのかい宝生君」

麗子の危機を察した影山が、警部の脇から顔を出して説明を引き取った。

「ファントム・ソロスは世界一の怪盗でございます。近年では、アムステルダムでフェルメールの名画、マドリッドでブラック・オパール、つい最近も、ニューヨークでソロモン王の聖杯を見事に盗み出しております。犯行文以外は、自分につながる証拠は一切残さない。誰もがその名前を知っているが、誰もその素顔は知らない」

麗子は口の中で「知らなかった」と呟く。

影山が海原船長に尋ねている。

「それで、十八年前のソロスの狙いは？」

海原船長は首を横に振る。

「わかりません。ただ……、当時、ソロスは船内の警備員に追われて負傷し、海に消えたと報告を受けております」

影山がそれを聞いて絶句している。しばらくしてから呟いた。「……若かりしころのソロスにそんな失敗が……」

ベッドの上の藤堂支配人が、ゆっくりと息を吐いてから落ち着いた声で言った。

「実は……、十八年前のそのときも、わたくしはソロスをチラリと見ているのです。長い髪をして、ステッキを持っておりました」

それで繋《つな》がった。海原船長と藤堂支配人が何を恐れていたのか。麗子は勢い込んで尋ねる。

「じゃあ、もしかしたらレイモンド・ヨーを殺害したのは、その〝ファントム・ソロス〟ってことですか!?」

風祭警部も刑事魂に火がついたらしい。

「いいやそれだけじゃない！　石川天明の失踪にも、藤堂さん殺害未遂《みすい》事件にもソロスが関《かか》わっている可能性がある！」

一気に事件解決の糸口が見え始めた。麗子は頬を赤く染める。

でも、頭の片隅でこうも思っていた。

——でも、ソロスは怪盗なのに、なんでそんなことを……？

＊ 8 ＊

「あ！　思い出した」

朝食の席でクロワッサンを齧《かじ》った瞬間に思い出した。この味。スーパースター・ヴァーゴ特製のアプリコットジャムの味。この味を十八年前の朝食でも味わった。あの日、あの時もこのクロワッサンを食べたんだ。

「思い出したわ影山！　十八年前、わたしもソロスに会っているのよ！」

シリアルを用意していた影山が動きを止めた。目を丸くして言う。「なんと。お嬢様もソロスを目撃していたのでございますか」

麗子の興奮は止まない。「うん。わたし、六歳のときにはじめてこの船に乗ったんだけど、夜寝てたら警報の音がして目を覚ましたの」

話していたらどんどん思い出してきた。場所はこのレイコスイート。奥のオーシャンビューの寝室で麗子は床に就いていた。そしたらまるで波のように高低を繰り返す警報音が鳴りだして、目を開けてみたら、窓の近くに仮面をかぶった人が蹲《うずくま》っていて……。

「黒いコートを着て仮面をかぶった人が、わたしの寝室の窓のそばに蹲っていたのよ。その人、確か右腕を怪我《けが》していて、そこから血が出ていて……」

影山は黙って聞いている。麗子は続ける。

「わたし、『すごく痛そうだな』って思ったの覚えてる。そしたらドアの向こうから警備員の人たちの声がしたの。『失礼いたします。怪しげな人物を見ませんでしたか』って」

「それで……?」

「わたしね、思わず『いいえ』って答えちゃったの」

影山がさらに目を丸くした。「それはなぜ?」

麗子は何度も目をぱちくりさせる。そういえばなんでだろう。怪しい人物っていえば、これ以上ないほど怪しい人がすぐ隣にいたのに。

「よくわかんないけど……、……怪我、してたから？」

麗子の答えに影山が大きくまばたきした。「ほう」と息を呑《の》み込む。

「だってしかたないじゃない。痛そうだったんだもの。それで、その怪我した人が窓から出て行こうとするものだから、わたし、そのときにお気に入りだったイルカの模様のハンカチを、慌てて血が出てる右腕に巻いてあげて……」

クロワッサンを飲み込んだ。完全に思い出した。

「そうよ。それでその人は夜の海に飛び出していったの。わたしのハンカチ、腕に巻いたままでね。きっと、あのときの怪我人がソロスだったんだわ。だからわたしもソロスに会っているのよ」

影山がティーカップに紅茶を注ぎながら言った。

「それで合点が行きました。旦那様が、どうして十八年間も、この船にお嬢様をお乗せにならなかったのか……」

「あ。そうか。お父様は、わたしがソロスみたいな危ない人に会わないようにって、この船に乗るのを許してくれなかったのね」

「しかし……、あのファントム・ソロスにお会いになったとは実に羨《うらや》ましい。わたくしも、一度はお会いしたい相手でございます」

麗子は呆れる。

「なに呑気《のんき》なこと言ってるのよ。とにかく明日から客室すべてにローラーをかけることになったわ。全部で九百八十七室もあるのに気が遠くなる」

影山がティーポットを置いて、ドア近くの小机に手を伸ばした。そこから船内新聞を取りあげて麗子に示す。

「それならば、この方にお話を聞けばよろしいかと」

影山の指先が、浅黒い肌をした青年の顔写真を指していた。

「このバラジさんは、すべての部屋のシーツやタオルの状況を把握《はあく》しておられます。いわばランドリールームのエキスパートでございますよ」

＊ 9 ＊

ランドリー室で、ランドリーマネージャーのバラジ・イスワランを前にして、麗子は小声で影山に尋ねる。影山の言うとおり、とりあえずランドリー室までやってきてはみたものの、まだよく意味が飲み込めていない。

「影山。どういう意味なの？」

「すぐにおわかりになります」

影山がバラジに投げかけた質問はこうだった。

「一つお伺いしたいのですが、この船が出港してから、一度もタオルやシーツを交換していない部屋はありますでしょうか？」

質問の意味がわからなくて麗子は首をひねる。そんなのを調べて何がわかるというのか。面倒くさがりな人が判明するだけなんじゃないのかしら？

バラジが手元の書類を戸棚に戻し、すぐに顔を上げた。

「エット……、二部屋ダケ、九五〇号室と、八〇七号室デスネ」

影山がそれを聞いて船内の見取り図にチェックを入れた。

八〇七号室は窓付きのオーシャンビューステートルーム。二人が宿泊できる通常のキャビンだ。そしてもう一つ、九五〇号室はジュニアスイートの部屋。レイコスイートのある船尾部分のすぐ真下あたりに位置している。

「どうする気？　影山」

「この二部屋には、出港から今日まで、一度も客室係が入っていないことになります。出港からすでに五日……。何か、見られては困るものの存在を感じはいたしませんか？」

風祭警部と松茂警備主任、藤堂支配人と海原船長も伴って、二部屋を順にまわることになった。乗客がパスポートを預けている七階デッキのレセプションに問い合わせて、八〇七号室と九五〇号室の乗客の情報を集める。

「八〇七号室に宿泊しているのは二名。日本人の高円寺健太氏と高円寺雄太氏……、ご兄弟ですね。出港から今日まで、ドアの前にはずっと『Do Not Disturb』のカードが吊るされているそうです」

風祭警部が「むむ」と声に出して唸《うな》った。「怪しいな。実に怪しい」

二人は在室だった。藤堂支配人の「失礼いたします」の問いかけに、アロハシャツの男が少しだけドアを開けて顔を出す。

「な……！　なんだなんだ！　人がリラックスしてるときに！　俺たちは別に何も……！」

すでに挙動不審だ。この人、見たことがある。レイモンド・ヨー殺害事件の直後に、「怪しい男を見かけた」と証言したアロハシャツの男だ。松茂警備主任が事情を説明している。

「すみません、高円寺様。えー、安全確認のために清掃をしていないお部屋を確かめておりまして」

「いいいい、いいよ。俺たちの部屋はいい。いいよ！」

麗子はドアの隙間から首を伸ばして部屋の奥を覗《のぞ》こうとする。アロハシャツの高円寺健太が慌てて麗子の視線を遮《さえぎ》った。

部屋の奥から別の男の声が聞こえる。

「どうしたの？　にいちゃん」

「何でもない！　何でもないぞぉ。雄太ぁ、何でもないから、テーブルの上のそれ、どっかにしまっちゃったりした方がいいぞぉ」

あからさますぎる。風祭警部がぐいと身を乗り出してきた。

「おーやー？　何か慌てていますが、隠し事でも？」

高円寺健太の額に汗が光る。麗子は警部の背中越しに部屋の中を覗き見た。テーブルの上に、小さな船の模型を収めた透明のボトルが見えた。壁には船舶《せんぱく》を模した断面図のようなものまで張られている。スイートルームフロアのあるデッキ10あたりに赤いマークがしてあった。

「船？　なんですか？　あのマークは？」

高円寺健太が麗子と風祭警部の前に立ちふさがって壁を作る。「いや……、その……。俺たちは実は監督と脚本家で、いま、その、あの、豪華客船を舞台にした脚本を練っていて――」

「脚本？」

「そう！　映画通のごく一部の人間だったら誰もが知ってる大ヒットメーカー、高円寺兄弟とは俺たちのことよ！」

「はあ……？」

どうにも怪しい。訝《いぶか》る麗子の目の前で風祭警部が弾んだ声を出した。

「脚本家さんとはすばらしい！　ぜひとも僕のエグゼクティブスッイートで詳しいお話を……」

麗子は風祭警部の腕を引く。高円寺健太に「どうも」と会釈だけして踵《きびす》を返した。

「ど……、どこに行くんだ宝生君！　僕はこれから彼らとエグゼクティブな時間を……！」

「次行きますよ次。警部、その三歩進むごとに職務を忘れるクセ、なんとかしてください」

＊ 10 ＊

「もう一つの部屋は九五〇号室。この部屋に宿泊しているのは香港人のマイケル・クワンという男性で――」

そこまで言ったところで松茂警備主任が大声を上げた。「ああっ！」

手の中のパスポートの控えを凝視している。麗子たちは一斉に松茂警備主任の手元を覗き込んだ。

「おお！」

風祭警部の驚きの声。パスポートの写真は、顔の輪郭《りんかく》を隠すように長い髪とモジャモジャの髭をはやした男だった。

「長髪！」

「まさか、ファントム・ソロス!?」

風祭警部がキリリと顔を引き締めた。「まさにビンゴだ！　マイケル・クワン、彼こそがファントム・ソロスに違いない！」

ジュニアスイートの扉の前で、風祭警部、松茂警備主任、藤堂支配人に影山と麗子の五人は廊下の壁に背をつけて身を固めた。

マイケル・クワンの部屋の扉には「Do Not Disturb」のカードがぶら下がっている。警備主任の松茂が緊張した声で皆に告げた。

「相手がソロスなら、レイモンド氏の事件を考えると、拳銃で武装している可能性が高い」

麗子はゴクリと唾《つば》を飲み込んだ。松茂の隣で風祭警部が目で何度も肯《うなず》いている。ものすごい小声になって麗子たちに言った。「僕が指揮を執《と》る。僕の指示で動きたまえ」

言うなり猛烈な勢いでジェスチャーを始める。どうやら本人はSATさながらのハンドシグナルのつもりらしいが、どう見ても天井からぶら下がったメザシを取ろうとしている野良猫みたいにしか見えない。麗子が冷たい視線を向けると、指示出しに満足したのか結局声に出して言う。

「よし。作戦は今の通りだ。行くぞ宝生君」

「まったく意味わかんないんですけど」

「さあ、松茂君、部屋の扉を開けたまえ！」

松茂警備主任がマスターキーをドアの電子ロックに差し込んだ。ランプが赤から緑に変わる。その瞬間、

「突入！」

風祭警部が松茂警備主任を押し込む形で部屋に飛び込んだ。松茂警備主任がこの世の終わりみたいな顔になって叫ぶ。「ちょっとお！」

慌てて二人の後に続いたら、部屋の中から大きな音がした。拳銃とかそういう音じゃなく、何かが床に倒れた音だ。覗いてみたら、松茂警備主任を下敷きにするような形で風祭警部が部屋の真ん中に転がっていた。転んだらしい。

「……まったく」

麗子は呆れながら風祭警部を起こそうとした。麗子が伸ばした手に警部の手が伸びてくる。

「おお、宝生君。すまなかったね。なにしろこの松茂君の動きが鈍いものだから……」

そこまで言って風祭警部が固まった。何度も目をパチパチさせている。警部の視線を追って麗子も首を曲げた。そして目撃する。

「わお！」

「きゃあああ！」

そこにあったのは、土下座の姿勢をした全裸の男だった。麗子は思わず風祭警部の手を放す。支えを失って警部が背中から転がった。

「ほ、ほ、ほ、宝生君！　確かめたまえ！　生きてるのかい？　死んでるのかい？」

情けない上司を見てかえって腹が据《す》わった。麗子は刑事の顔になって土下座の男を観察する。死んでいるのは一目瞭然《りょうぜん》だった。すでに肌の色が変色しかかっている。

「すでに死んでいるようですね」

言いながら、男の顔を覗き込んだ。そして麗子は息を呑む。

「警部……」

風祭警部がようやく体を起こした。麗子と目を合わせる。

麗子は呟いた。

「……石川天明氏です」

＊　11　＊

船医の結城医師が呼ばれて検視が始まった。結城医師は、土下座の格好で全裸という異様な死体を見ても顔色を変えない。

海原船長の動揺も大きかったのだ。何しろ二人目の死者が出てしまったのだ。これでますます、二千人の乗客が危険にさらされていることがはっきりした。

「首筋を何か鋭利《えいり》なもので刺されていますね。傷の形状から見て、凶器は先端の尖《とが》った棒状のもの……。これが致命傷になった。死後、だいたい一日くらい。つまり……、昨日の夜、それも深夜あたりに殺されたと考えられます」

麗子は唇を噛む。石川天明が行方不明になったのは昨日の深夜。麗子が最後に会ってからすぐの時間帯だ。つまり、麗子と別れたあとすぐに、石川天明は何者かの手によって殺害されたことになる。

――もし、もう少し長い時間、わたしがあの場所にいたなら……。

考えても詮無《せんな》きことなのに、そう思わずにはいられなかった。

松茂警備主任が麗子たちに報告する。

「……室内には脚の折れた椅子《いす》が一脚……。犯人と争った際に壊れたものと思われます」

影山が、結城医師の後ろから土下座姿の全裸死体をじっと観察している。昨日まで会話をしていた人が死体になっているのだ。麗子だって本当は目を逸らしたい。だけど麗子は刑事だ。事件の真相を突きとめなければいけない。

「お嬢様……」

影山が、死体のすぐ傍のダマスク模様の壁を指差した。麗子は壁に目をやる。点々と、青いしみのようなものが見えた。注意して見ねば見逃してしまうほどに小さい。

「それにもう一つ……」

今度は死体のある絨毯《じゅうたん》を指差す。麗子は何度も目をしばたたかせて観察するが、何も変わったところはないようだ。

「なに？」

影山が右手の指先を擦り合わせている。

「……絨毯の縦糸に、細かな粉のようなものが付着しております」

麗子もしゃがみ込んで絨毯に手を触れてみた。何だかはわからないけど、確かにザラザラする。

「何かしら、これ？」

「これだけでは何とも……。材質としては、断熱材などに用いられるロックウールのようにも思われますが……」

結城医師が立ち上がって麗子たちに言った。

「……凛子ちゃんには、もう知らせたの？」

麗子は再び唇を噛む。とても伝えられなかった。

「いえ……、まだ」

「どうして？」

答えようとする麗子を制して風祭警部が結城医師の前に立った。堂々と言う。

「僕が判断しました。まだ言うべきではないと」

「なぜ？」

警部が石川天明の全裸死体に目を落とした。そのまま言う。

「……この格好を見る限り、痴情のもつれという可能性もありますからね」

結城医師がピクリと眉《まゆ》を震わせた。警部は続ける。

「可能性は否定できません。たとえば、石川天明が土下座して謝っているときに殺されたのかもしれない。そうなれば、犯人が凛子さんである可能性も出てくる」

「…………」

「だからまだ話すべきではないと、僕が判断――」

警部がそこまで言ったときに、にわかに廊下が騒がしくなった。バタンとドアが押し開かれる。藤堂支配人の叫ぶ声がする。「凛子！　だめだ、部屋に入っちゃ！」

現れたのは藤堂凛子だった。息を弾ませたまま、部屋にいる麗子たちを強い目で見つめる。視線が動いて最後に裸の死体に突き刺さった。凛子の目がこれ以上ないほどに見開かれた。大きな瞳《ひとみ》がそこからこぼれてしまいそうだった。

「石川さん……！」

言うなり石川天明の遺体に縋《すが》り付いた。麗子は凛子を見ていられない。彼女は昨日、確かに幸福だったのだ。それがたった一日で、こんなおぞましい不幸に見舞われることになるだなんて。

風祭警部が泣き崩れる凛子の背後に立った。しかたがない、という顔をして、麗子を一瞥《いちべつ》してから襟《えり》を正す。

ゆっくりと口を開いた。

「……凛子さん。こんなときに申し訳ないが、時間もないので単刀直入にお聞かせ願いたい」

凛子が涙に濡《ぬ》れた顔を上げた。風祭警部をキッと睨《にら》みつける。

「……昨日の深夜は、どちらにいらっしゃいました？」

凛子の目が濡れたまま燃えた。黒目の中に怒りの炎が巻き起こる。

「それって……！」

「遺体はなぜか土下座の格好をしている……。つまり、痴話げんかで謝っている最中に、カッとなった相手に殺された可能性も考えられるのです」

「……！」

凛子の瞳が怒りに震えた。麗子は慌ててフォローに入ろうとした。質問のタイミングとしては厳しいけど、警部は刑事として間違ったことは聞いていない。麗子だって刑事だ。

「あのね、凛子さん。警察としては、これはみんなに聞かなきゃいけないことなの。だから――」

麗子の配慮など凛子には関係がなかった。凛子は伸びてきた麗子の手を振り払う。

「私が――、石川さんを殺したって言うんですか」

突き刺さる声だった。麗子は耳を塞《ふさ》ぎたい。

凛子が立ち上がって麗子を見つめた。

「麗子さん……。昨日の夜、私に、『ずっと一緒にいられる相手が見つかってよかったね』って言ってくれたじゃないですか。あれ、嘘だったんですか」

「嘘じゃないわ。だけどこれは――」

何を言っても空《むな》しかった。言葉がこんなに無力だなんて、思ってもみなかった。

凛子の目から涙が一滴《ひとしずく》、落ちた。

「……友達になれると、思ってたのに……」

そして駆け出していく。

麗子には追うことができなかった。追いかけて、凜子に何と声をかければいいのか、まるでわからなかった。

第3章

＊　1　＊

「爆薬だと!?」

風祭警部の声が裏返っていた。報告していた松茂警備主任が、警部の声にビクリと肩を震わせる。

「はい。マイケル・クワンの部屋から、わずかではありますが爆薬の粉のようなものが採取されたとの報告です」

海原船長が眉《まゆ》をしかめていた。

風祭警部がテーブルのまわりを歩き始めた。「なぜそんなものが……」歩きながら言っていた。

「……ということは、石川天明を殺した犯人は爆発物を所持している可能性が高い」

海原船長が重い声で呟《つぶや》いていた。

「まさか、ソロスは十八年前のことを恨んで、この船を爆破しようとしているのでは……」

それが、今から三十分ほど前の出来事だ。居室に向かう通路を歩きながら、麗子は考え続けていた。

石川天明が死んだ。誰かに殺された。そしてマイケル・クワンの部屋からは、爆薬に用いられる火薬が微量ながらも見つかった。レイモンド・ヨーは銃で撃たれた。石川天明は何か鋭い凶器で首筋を突き刺されて死んだ。そんな凶悪な犯罪を平気で犯す危険人物がこの船のどこかに潜んでいるのだ。さっき、七階デッキを通り過ぎたときに麗子は見た。家族連れが談笑しているのを。老夫婦が微笑《ほほえ》みあっているのを。みんな幸せそうだった。みんなが幸せなひと時を求めてやってきたこの船旅に、凶悪な殺人犯が紛れ込んでいる。二人の命を奪って、凛子さんの幸せを粉々に打ち砕いて……。

――どうして、こんなことになっちゃったんだろう……。

「お嬢様」

考え込んでいたら、背中から影山に声をかけられた。

「……ん?」

考え事をしていたせいで返事が遅れた。麗子は唇を結んだまま影山に顔を向ける。

「友達になれると思ったのに」

そう言い残して部屋から駆け出していった凛子の姿が頭から離れなかった。

影山の声が妙に優しく聞こえた。

「……今夜は気分転換に、船内のレストランでディナーにいたしましょうか」

「……うん」

生返事しかできない。影山がさらに続ける。

「連日の捜査でお疲れのご様子……。たまには息抜きも必要でございましょう」

気遣われているのがわかった。だから麗子は無理に微笑む。

――何よ。らしくないこと言っちゃって。

「そうね。そうしよっかな」

そう答えたら影山が笑顔に変わった。

「では、わたくしは特等席をご用意してまいりますゆえ」

麗子も笑う。自分を鼓舞する。わたしが沈んでいてどうする。わたしは刑事。犯人を捕まえるんだ。元気を出さなきゃ。

この毒舌執事にまで気を使わせちゃうなんて、麗子お嬢様らしくないし。

「じゃあ、わたしは部屋に戻ってドレスに着替えてるわ。特等席、任せたわよ、影山」

＊　2　＊

「お嬢様」

レイコスイートのリビングルームに宝生麗子の姿はなかった。影山は部屋の中ほどまで踏み込んで、寝室を確認するように声をあげた。「お嬢様。お着替えはおすみでしょうか」

やはり返事はなかった。影山は不審に思いながら部屋の中を見回す。ついさっき別れたばかりなのだ。影山がイタリア料理店「パラッツォ」でのディナーを予約してここに戻ってくるまで十五分とかかっていない。なのに麗子の姿がない。

ウェッジウッドのティーセットの置かれたテーブルの上に、黒い封筒を見つけた。

「………」

無言でそれを開く。封筒の中には数枚の紙片が入っていた。

「秘密を知った者には死を」

船室備え付けのメモランダムに、殴り書きの英語で書かれていた。

影山は眉をしかめる。麗子の字ではない。封筒を逆さにした。数枚の紙片がパラパラとテーブルの上に落ちた。四枚ある。三枚は表を向けてテーブルに落ちたからすぐにわかった。写真だ。

一枚目はレイモンド・ヨー。

二枚目は藤堂卓也。藤堂支配人だ。

そして三枚目は、石川天明。

影山の額に汗が浮かぶ。写真はもう一枚、テーブルの上に裏返っている。三枚の写真の人物すべてが、船内で起こった一連の事件の被害者だった。それでは、四枚目の写真は何か。それは、これから被害者になるターゲットを表すのではないか。

影山は腕を伸ばし、裏返っている一枚に指をかけた。一息にそれをめくる。

宝生麗子の顔がそこにあった。

「お嬢様……」

麗子の写真に、麗子が言っていた言葉が重なって思い出された。

「わたしもね、小さいころにソロスに会ってたのよ」

影山はグッと下唇を嚙《か》みしめた。大怪盗ファントム・ソロスは、常に単独で行動し、自分につながる証拠は一切残さない。だからこれほどの長い年月を、ソロスは世界中の誰にも顔を知られることなく、正体不明の怪盗であり続けることができた。

――事実、十八年も前にソロスを目撃したというだけで、藤堂支配人は命の危機に晒《さら》された……。

影山は麗子の写真を手にとって握りしめる。数秒の黙考のあと、部屋に据え付けられた電話に手を伸ばした。それと同時に、待ち受けていたかのようなタイミングで電話が鳴りだした。

海原船長だった。

〈影山さん！ いま、犯人から新たなファクスが！〉

影山は声を落ちつけて尋ねる。

「内容は？」

〈読みます。『宝生麗子を誘拐《ゆうかい》した。二十二時までに現金百万ドルを用意し、ヘリポートに置け』〉

影山は腕時計を見る。二十一時三十分を回ろうとしているところだった。短く尋ねる。時間が惜しい。

「差出人は？」

海原船長の声が重いものに変わった。絞り出すように言う。

〈ファントム・ソロス〉

影山は一瞬だけ天井を仰いだ。すばやく気持ちを切り替える。

「身代金百万ドルは、ご用意いただけますか？」

海原船長の悲痛な声。

〈無理です。船内の決算はすべてカード。キャッシュは港に着くまで手に入りません〉

躊躇《ためら》っている暇はなかった。

「わかりました。お金はわたくしが用意いたします」

通話を終える間際に海原船長が影山に尋ねた。〈影山さん。ソロスの狙《ねら》いは――〉

答えられなかった。それに答えるのは、主《あるじ》たる宝生麗子の命が危険に晒されているのを認めるのと同じだ。

「海原様、船内の捜索を」

〈すでに全クルーを使って船内の捜索をはじめています〉

「ありがとうございます」

受話器を落とした。さっきの手紙にあったように、ソロスの狙いが目撃者の抹殺であるとするなら、予想されるのは最悪の事態だ。影山は部屋の金庫に駆け寄り、壁の電子キーを操作して四桁《けた》の数字を入力する。船内に現金がないのなら、こちらで用意するよりない。金庫の中には麗子のショッピング用に多めの現金を収めてある。

セキュリティが解除され、壁のパネルのライトが赤から緑に変わった。

影山は金庫からアタッシュケースを取り出す。脇に抱えて部屋を飛び出した。

だが――。

足りないのだ。

影山の抱えるアタッシュケース、その中身は五十万ドルだ。

＊ 3 ＊

「にいちゃん。警備員に非常招集だ。支配人が全クルーに呼びかけてるよ」

無線機を耳に当てた高円寺雄太が、高円寺健太に顔を寄せてボソボソと告げる。

「何か起こったみたい。『警備なんていい。すぐに麗子様を探せ』とか言ってる」

高円寺健太は顔中を口にして笑う。二人はエグゼクティブスイートルームのある、デッキ10の通路に身を隠していた。首を伸ばして風祭警部の部屋のドアを覗《のぞ》いてみる。ドア前に立っていた警備員が慌ててどこかに駆け出していくのが見えた。高円寺健太はまた笑う。

「ついに来た……。千載一遇《せんざいいちぐう》の大チャンスだ」

「……どうする、にいちゃん」

「決まってる。決行だ！　雄太、ドアのロック解除、頼んだぞ」

二人は腰を低くして進み、風祭警部の部屋のドア前に屈《かが》み込む。雄太が腰のサブバッグから小型の端末を取り出して、ドアの電子ロック部分にダミーカードを差し込んだ。端末を操作して、ドアのセキュリティコードを解析するためのプログラムを走らせる。

「雄太、どのくらいかかりそうだ」

「うん。この程度のセキュリティならすぐだと思うよ。にいちゃん」

＊

向かう場所は一つしかなかった。カジノだ。カジノなら、多額の現金を持ったあの、あの人がいる。

影山はアタッシュケースを抱えたまま、カジノに飛び込んだ。息を整える暇もなく、あたりを見回して目的の人物を探す。カジノの客たちが何事かと影山を見ている。すべて無視して各テーブルをチェックしていく。

ルーレット。いない。

バカラ。いない。

大小。いない。

ポーカー。たっぷりの油で撫《な》でつけたオールバックの男が、ディーラーを前に不機嫌そうな顔をしていた。見つけた。醤油《しょうゆ》メーカーの御曹司《おんぞうし》、京極天だ。

「京極様ですね」

影山は京極に対峙《たいじ》する。京極が顔を上げた。足元には無造作に現金の詰め込まれたカバンが見えていた。「あん？　なんや兄ちゃん？」

姿勢を正して頭を下げた。

「お願いがございます。わたくしに、百万ドルを貸していただけませんでしょうか。必ずお返しいたします」

京極の口がパクリと開いた。何度も目を瞬かせる。

「――わかりました。百万ドル、お貸ししましょ」

そしてそう言った。言った直後に「ほ」と短い声を漏らす。

「なーんていう人間がおると思いますか？　アホかっちゅーねん」

影山から目を逸《そ》らして鼻を鳴らした。影山は姿勢を正して誠意を込めて伝える。

「わたくしは、宝生グループを統《す》べる宝生家の執事、影山と申します。わたくしの主であるお嬢様が命の危機に瀕《ひん》しております。今すぐに百万ドルが必要で――」

「知らんわそんなん。兄ちゃんが誰やろうが、誰の命がかかってようが、そんなんボクには関係あらへん」

足元のカバンを革靴の爪先《つまさき》でつつきながら言った。言ったあとでニンマリ笑って影山を見る。「こいつはな、ボクの金や」

影山はアタッシュケースを持ち上げる。もとより覚悟は決めていた。

「それでは……、別のご提案をいたします」

テーブルにアタッシュケースを置き、そのままバカリと両開きにした。京極の顔の前に五十万ドルの札束が並ぶ。

「ポーカーで、勝負していただけませんか」

京極天は、目の中に札束を映しながら、頬《ほお》を盛り上げてニヤリと笑う。

＊

カチリと小さな音が鳴って、ドアの電子ロックが解除された。

「にいちゃん、ドア、開いたよ」

高円寺健太は雄太の頭を背中から抱く。

「よおーし！　よくやった雄太！」

二人は足音を忍ばせて風祭警部のエグゼクティブスイートに踏み込んだ。部屋の真ん中には、赤いレーザーに守られた台座がある。台座の上には金無垢《きんむく》のKライオンが乗っていた。赤い光がKライオンの金色の肌に映って滑らかな曲線を描いている。

「ついに！　ついにたどり着いた！　これぞKライオン！　俺たちの狙うお宝だ！」

高円寺健太は目を輝かせてKライオンに近づいた。その背中に高円寺雄太がひょこひょことついてくる。

雄太が、「あ」と間の抜けた声を上げた。

高円寺健太は振り返る。

「どうした？　雄太」

「にいちゃん。何か踏んだ」

「ん？」

雄太が靴の下の平べったいものを持ち上げて眺めている。金色だ。

「あ。これ翼だ」

「ん？」

雄太が高円寺健太の肩越しにKライオンを眺めながら言った。

「にいちゃん。Kライオンの右の翼とれてる」

「ああ!?」

高円寺健太は猛烈な勢いで振り返った。同時に目を限界まで見開く。

「壊れてるやんけ！」

＊

京極天は嬉《うれ》しそうだ。何度も舌なめずりしながら影山の対面に腰を下ろした。

「最低レートは十万ドル。上はノーリミットや」

影山は肯《うなず》く。勝負はポーカーだ。相手より大きな役を作れば勝ち。ただ、麻雀《マージャン》のように役の大小で競うのではなく、ポーカーには駆け引きの要素が色濃く出る。たとえ自分のカードがブタ（無役）であっても、それを相手に悟られなければハッタリだけで相手を負かすことだって可能だ。勝負は心理戦。運だけではポーカーには勝てない。

ディーラーが影山と京極に五枚のカードを配った。影山は手札を見る。京極がカードを覗きながらニヤニヤしている。自札を二枚切ってテーブルに放《ほう》り出した。「二枚チェンジや」

影山のカードはクイーンのワンペア。クイーンだけ残して三枚を切ろうとする。

「……？」

妙な感触があってカードが指先にひっかかった。一瞬だけ眉をひそめてから三枚のカードを場に捨てる。ディーラーが京極に二枚、影山に三枚のカードを配った。

京極天が笑う。「ベット。十万や」

そして札束を積み上げた。「二十万で勝負や」

影山は手札を見る。配られたカードはブタで、クイーンのワンペアは変わらなかった。

「……フォールド」

影山はゲームを降りた。場代の十万ドルが、京極の手の中に納まる。

「兄ちゃん、ありがとなぁ。――よっしゃ、次のゲーム、行こか」

犯人の指定した時刻まで、残り十六分だ。

＊

「どうする、にいちゃん？」

折れた翼を手に持って、雄太が困惑した顔をしている。高円寺健太は雄太とKライオンを交互に見て、それから目を閉じて叫んだ。

「あー！　もう構わん！　要は、風祭警部からKライオンを盗んだって事実だけあればいいんだ！　そうなりゃ俺たちも大怪盗の仲間入りだ！　やるぞ、雄太！」

「わかった」

雄太が台座の前に屈み込んだ。今度はパスコードの解析を始める。

高円寺健太が雄太の顔を覗き込む。期待と不安の入り混じった顔をしている。

雄太の瞳《ひとみ》には、小型端末の示すデジタルの数字がチラチラと瞬いている。

＊

残り時間、十五分。

影山の手の中には、ダイヤのエース、ダイヤの4、スペードのクイーン、ダイヤの9、それにダイヤのキングがあった。赤い色の四枚に、黒い色の一枚が混ざっている。スペードのクイーンを切って、ダイヤのカードが配られればフラッシュが確定する。フラッシュが成立する可能性は五〇九分の一。強い手だ。まず負けることはない。

スペードのクイーンを場に捨てた。京極は二枚のカードを切ったようだ。ディーラーの手が滑らかに動いて二人にカードが配られる。影山は配られた一枚に目を落とした。

——ダイヤのクイーン。

アタッシュケースから札束を摑《つか》み取った。一息に言う。

「オールイン（全額を賭《か》ける）。三十万」

場代の十万ドル、プラス三十万ドル。手持ちの四十万ドルすべてを賭ける。勝負に出た。

京極の顔色が変わった。探るような目になって影山を見ている。

数秒、考え込んだ後で呟いた。

「……コールや」

影山はまっすぐに京極を見ている。「チェック」

京極がテーブルを指先で二回叩《たた》いた。「チェックに応じる」というハンドシグナルだ。

カードをオープンする。影山の前に赤い五枚のカードが並んだ。

「おお……。なんとまぁ、フラッシュかい」

影山は胸を撫で下ろして、テーブルの上の四十万ドルを手元に引き寄せようとした。それを見て京極が「ヒヒッ」と笑う。

「ちょい待ち兄ちゃん。ボクのカードも見て」

見せつけるようにゆっくりとカードを開いた。三枚の8と二枚の4。スリー・オブ・ア・カインドとワンペアの組み合わさった、六百九十四分の一の確率でしか成立しない強力な役。京極のカードはフルハウスだった。

「8のフルハウス。京極様の勝利です」

ディーラーが冷酷に告げる。影山は言葉を失った。アタッシュケースは空になった。

「残念やなぁ。お嬢様は、どうやら助けられへんかったようやなぁ」

京極の笑い声が「ヒヒッ」と響いた。

＊

「まだか雄太！　そろそろヤバいぞ」

高円寺雄太は端末のキーボードを叩いている。画面に顔を向けたまま呟いた。

「うん。あと少し……。あれ？　やっぱりもう少しかかるかも」

高円寺健太はすでに汗だくだ。

「風祭警部が戻ってきたらどうするんだよ！」

「思ったよりしっかりしたセキュリティなんだもん」

「だから前の日からしっかり準備して当日に備えなさいって学校で教わったろ⁉　遠足と同じだ！」

「わかったからにいちゃん、落ち着いたほうがいいよ」

＊

ドサリと音がして、目の前にカードの山ができた。

影山は呆然《ぼうぜん》とそれを見つめる。セラミック製のプラーク。カジノで用いられる高額のチップだ。それが何枚も高く重ねられている。プラークの一番上に、それを支えるように女性の白い指先があった。

頭の上に女性の声が落ちてくる。

「これ、使いなよ」

影山は顔を上げた。見覚えのある女性が、唇を片方だけ持ち上げて笑っていた。柄物の上着にゆったりしたチュニック。ニコニコ恵比寿通り商店街の福引でやってきた、通称恵比寿様。

「………」

恵比寿様がニヤリと笑った。影山の肩に手を置いて言う。

「ほら、あたしがルーレットしてるとき、あんたがぶつかって大当たりしたじゃない。あのあとさぁ、ツキがグイグイきてさ。バカラで引いちゃったんだよね。ジャックポット。百十万ドル」

「いいよ。使って」

積み重なったプラークをポンと叩いた。

あっさりと言う。影山は言葉を失って恵比寿様を見上げた。まだ笑っている。

「しかし……」

「いいんだよ。あんたが引っ張ってきたようなもんだし」

「………」

「一か八《ばち》か、それがギャンブルの醍醐味《だいごみ》ってもんだろ？　勝ったら利子つけて返してもらうからさ」

ありがたかった。これ以上ないほどに。

影山はグッと喉《のど》を鳴らした。恵比寿様の目を強く見つめる。

「……必ず、お返しいたします」

事の成り行きに驚いていた京極も、影山が勝負に戻るのを見て再びニヤリと笑った。

「なんや……。思わぬ助っ人登《と》場って感じやなぁ。でもなぁ兄ちゃん。そのチップ、船の中じゃあ換金できへんで。現金が必要なのと違うんか？」

その通りだ。恵比寿様から預かったチップではソロスの要求に応じられない。この船で百万ドルの現金を所持しているのは京極天ただ一人だ。勝負に勝たねば、宝生麗子は救えない。

「ま……、ボクには関係あらへんのやけど。どないする、兄ちゃん？　勝負続けるか？　兄ちゃんの負けが百六十万ドルになるだけやと思うけど」

選択の余地などない。

「お願いいたします」

影山の返事を聞いて、京極が「ヒヒッ」と笑った。十万ドルの札束をドンとテーブルに置く。「次のゲームや」

影山はハンドタオルで手の汗を拭《ぬぐ》う。息をついて気合いを入れる。

恵比寿様の十万ドルをテーブルに乗せた。間を置かずディーラーが五枚のカードを二人に配る。

「………」

影山は三枚のカードを切った。京極が真剣な顔で手の中のカードをにらんでいる。

三枚捨てた。ディーラーが二人に三枚ずつ新しいカードを配る。

京極が真顔のまま言った。

「……ベットや」

そして手元にある札束を無造作に摑んでテーブル中央に放り出した。

「十万ドル、上乗せする」

残り時間は六分。タイムリミットは刻一刻と迫っている。

＊

「あー、もう！　もう待てない！　これ以上待ったら警部が戻ってきちゃう」

高円寺健太は雄太の背中で地団太《じだんだ》を踏む。痺《しび》れを切らしていた。

「もう少しだから。落ち着いてにいちゃん」

「ダメだダメだダメだ！　もう一刻の猶予《ゆうよ》もならない！　雄太、もっとこう、パパッと手品みたいに何とかならないのか？　こう、手を翳《かざ》すと途端にセキュリティが」

高円寺健太が赤いレーザーに手を近づけた途端、耳を劈《つんざ》く大音響で警報が鳴りだした。高円寺健太はその音に驚いて背中側に飛び退《の》く。

「あー！　にいちゃん、レーザーに触ったんか!?」

猛烈に顔の前で手を振る。「いやいやいやいや！　触ってないぞ！　まったくもって触れてない！　本当だ！」

「でも警報鳴ってるよ」

汗を振りまいて叫んだ。

「いや、ほんとに触れてないんだって！　何もしてないのに急に鳴りだしたんだよ！」

＊

カジノに高低を繰り返す警報音が鳴り響く。影山は瞬間的に、非常口近くのスピーカーに目をやった。影山のすぐ隣で恵比寿様が鋭く首を回して天井を向いた。それからすぐに首を戻して影山の手札に目をやる。

「……火事や事故の警報じゃないみたいね」

恵比寿様の言葉も、影山の耳にはほとんど入っていなかった。集中していた。腹を決めて、決意を声に出す。

「オールイン」

恵比寿様から預かったチップ。残り百万ドルをこの一勝負に賭ける。

京極が目を剝《む》いた。

「百万ン!?　いきなり全額で勝負かい!?」

＊

ドカンとドアが開いて、「そこまでだ！」と男の声がした。

高円寺健太と雄太はＫライオンの台座の前で固まる。男の声が近づいてきた。

「ハイハイハイハイ！」

だんだん大きくなっていく。最後の「ハイ」で、背中にグイと手錠《てじょう》を突き付けられた。

「君たちは、僕の考案したセキュリティシステムに見事敗北したようだね。Ｋライオンは、この風祭がいる限り、誰の手にも渡しはしない！　さあ、観念したまえ！　窃盗未遂、および器物破損の現行犯で逮捕する！」

高円寺健太は間の抜けた声を出す。

「器物破損？」

風祭警部は逆切れぎみに叫ぶ。

「見たまえ！　なんと、Kライオンの翼が折れているではないか！」

「いやいやいや！　それは最初から……」

「黙りたまえ！　これは器物破損の現行犯だ！　そうだったらそうだ！」

＊

ずいぶんと長い沈黙だった。京極が絞り出すように声を発する。

「……思い切ったこと、しはりますな」

京極が上目づかいになって影山の表情を窺《うかが》っている。またずいぶんと間が空いた。

影山はチラリと左腕の時計に目をやる。

あと四分。

「……コールや。ボクも、オールインや」

影山から勝ち取った五十万ドルに加えて、自分のバッグから五十万ドルを付け足した。場代の十万ドルと合わせて百十万ドル。勝負しようというのだ。勝利すれば百万ドルを超える現金が手に入る。

影山は口に出す。

「チェック」

京極も応じる。

「チェックや」

恵比寿様が顔を青くしていた。叫ぶように言う。「いきなり全額って、負けたらどうすんのよ!?」

京極がカードを開いた。扇を裏返すように、ゆっくりとカードを捲《めく》っていく。王冠をかぶったキングが見えた。キングが三つ並ぶ。キングのスリー・オブ・ア・カインド。いわゆるスリーカードだ。

「…………」

京極が目で影山を促した。影山は一枚ずつカードを開いていく。

ダイヤの4。

クラブのクイーン。

京極の表情がどんどんと変化していく。

ハートのクイーン。

そして——、ダイヤのクイーン。

京極が顔の下半分を全部口にして笑った。こぼれんばかりに目を見開いている。

「クイーンのスリーカード……。ヒヒッ、ヒヒヒッ。惜しかったのぅ。ボクのカードはキングのスリーカード。あと、ほんの少ぅしだけ、ヒヒッ、届かんかったなぁ」

消えそうに目を細めて影山を見ている。

「なぁ兄ちゃん。ええこと教えてあげましょか。お兄ちゃん、時間ないんやろ？　ギャンブルってのは決まってるのよ。焦った方が負けるって」

影山は最後のカードをめくった。京極の表情が笑顔のまま固まる。

スペードの、クイーン。

京極が、「え？」と間の抜けた声を出した。

「クイーンのフォー・オブ・ア・カインド。影山様の勝利です」

ディーラーの宣言で勝負が決した。京極が叫んでいる。

「なん!?　なんやぁそれぇ!?」

影山は大きく息を吐き出した。テーブルに堆《うずたか》く積まれたキャッシュを、アタッシュケースに詰め込んでいく。

「ちょ、ちょっと待てや！　待てって！　一回だけなんてないやろ！」

わめき散らす京極を背中に残して影山は席を立った。

「ギャンブルというものは、焦っている方が負けると相場が決まっているものでございますよ」

京極が、デパートで迷子になった三歳児のように顔をゆがめた。影山は恵比寿様を振り返って言う。

「必ずお返しいたします」

駆け出した。影山の背中に恵比寿様の笑っているような声がかすかに届いた。

「利子、期待してるからねぇ」

＊　4　＊

『右舷一番救助艇内に人質はいる』

ヘリポートに着艦しているヘリのランディングギアに書置きがあった。現金の詰まったカバンを投げ出して影山は再び走り出す。

救助艇はデッキ7に並んでいる。その船首近くの一艘《そう》だ。そこに宝生麗子が囚《とら》われている。

影山は走る。息をするのも忘れて走る。

あと、3分。

心の中で叫んでいた。

――お嬢様……!

＊

いくらもがいても、背中で両手を縛っているロープは解《ほど》けそうになかった。大声を出そうとしても口はテープに塞《ふさ》がれていた。ここがどこなのかもよくわからない。赤いドレス姿の麗子は身をよじって必死に現状を打開しようとしていた。麗子の長い髪が額に頬に何本も張り付く。頭から水をかぶったみたいに全身が汗に濡《ぬ》れていた。音が聞こえる。

カチリ、カチリと、一秒ごとに数を減らしていくカウントダウンの音だ。

狭く薄暗い空間。きついゴムの匂《にお》いがしていた。空気は重く、とても蒸している。レイコスイートで赤いドレスに着替え、部屋を一歩出た瞬間に背中から襲われた。額から汗を垂らしながら麗子は考える。あのとき、わたしを捕えた犯人はきっとドアのすぐ裏側に隠れていたのだ。わたしはそれに気づかずにドアを開け、部屋から出た。顔の横から黒い腕がグッと伸びてきて、濡れた布のようなもので顔を覆われた。次の瞬間にはもう意識がなかった。きっとクロロホルムのような薬物を嗅《か》がされたのだ。

ほとんど光の差し込まない暗く湿った空間に、赤いデジタル表示だけがチカチカと瞬いている。

——118

麗子はその数字を見て身を固める。縛り付けられている柱に背中を擦って上半身を起こした。

——116

数字はみるみる減っていく。単位は〝秒〟だ。

気がついたばかりのときには意識が朦朧《もうろう》としていたし、目が慣れていなくて何もわからなかった。だけど、暗闇《くらやみ》に目が慣れると、デジタル表示のパネルは四角い形をしていて、そこから赤、青、黄色のコードが伸びていることが知れた。一秒ごとに減っていく数字。カウントダウン。起動装置だ。何を起動するのか。考えるまでもない。

時限爆弾だ。

――影山……!

麗子はきつく目を閉じて天を仰ぐ。

――影山……!

110。109。108……

麗子の頬を汗の粒が伝う。心の中で何度も叫んでいた。

――影山!


――わたしはここよ!


「お嬢様!」

声が聞こえた。麗子は目を見開く。

真っ白だった。照明の強い光が麗子のいる狭い空間を一瞬で満たし、麗子は目が眩《くら》んで顔を歪《ゆが》める。光を背負ったシルエットが麗子の目の前にグイと迫った。「お嬢様!

ご無事でございますか!?」

口のテープを一気に引き剝《は》がされた。麗子は「痛ッ！」と短い悲鳴を上げる。同時に叫んでいた。

「影山！　もう少し丁寧に剝がしなさい！」

光の中の影山を見た。麗子の声を聞いて影山が微笑む。麗子はこんな影山の顔をはじめて見た。笑っているけど必死の顔だった。額にいくつも汗の粒を浮かべていた。いままでに一度だって見たことがないくらいに、とても真剣な笑顔だった。

「お嬢様。今、ロープを解きますゆえ」

影山が麗子の背中側に回った。光が差し込んでようやく自分がどこにいるのかわかった。救助艇の中だ。ヴァーゴには緊急時に備えて十八艘の救助艇が用意されている。救助艇は、海に面したデッキ部分に吊《つ》るされるような形になっており、緊急時にはロックを解くだけで艇が海面に着水するようにできている。そのうちの一つだ。

影山が麗子の手首を締めつけているロープを必死に解こうとしている。麗子の両手は救助艇の屋根を支えるポールに結び付けられていた。結び目はなかなか解けない。

「影山……！　あなた気づいてるんでしょ!?　何なのあれは!?」

麗子はハイヒールの爪先でデジタル表示の四角い箱を指し示す。表示されている残り時間は40秒を切っていた。影山は何も言わない。

「さっきからどんどん残り時間が減ってる。もうあと一分もないわ！」

「……お嬢様、ロープが解けません。ナイフやカッターなど刃物をお持ちではありませんか？」

麗子は叫ぶ。

「持ってるわけないじゃない！　わたしドレス姿なのよ!?」

影山が勢いよく立ち上がり時限爆弾に駆け寄った。背中を丸めてむき出しの配線をじっと見つめる。

「影山……!?」

「……赤、青、黄の三色のコード」

麗子はゴクリと喉《のど》を鳴らす。

「お嬢様……。わたくし、どのコードを引き抜くべきか、答えを持ち合わせておりません」

影山が麗子を見た。目と目が合う。

「……わたくしに、お任せいただけますか」

じっと見つめ合った。麗子は真顔のまま深く肯く。

「しっかりおやりなさい。影山」

影山が恭《うやうや》しく頭を下げた。「……はい」

影山は、赤いコードに手を伸ばした。影山の指先が震えているのを麗子は見る。影山の指が赤いコードを摘《つま》んだ。麗子を振り返る。麗子のドレスと同じ、ワインレッドのコードだった。

……25、……24。

赤いコードを一気に引き抜いた。麗子は強く目を閉じる。

世界が止まったような気がした。影山がゆっくりと立ち上がった。爆発はない。麗子はほんの少しだけ口元を緩め、影山に向かって問う。

「……影山?」

「お嬢様。カウントダウンが止まりません」

目の前が真っ白になった。白い視界に、17という赤い数字がエンボスみたいに浮き上がって見えた。16に変わる。

影山が麗子の背中に駆け寄った。必死の形相でロープを解きにかかる。黒いスーツのボタンがはじけ飛んでいた。どこかにぶつけたのかカフスは凹《へこ》んでいた。頬が煤《すす》に汚れていた。歯を食いしばって、力の限りにロープを引きちぎろうとする。

麗子の口が動いた。

「……影山」

影山は答えない。

「……影山！」

影山の指がロープを滑って、ビチリと皮の破ける音がした。影山が「クッ」と短い声を漏らす。

「聞きなさい、影山！」

背中を向けたまま影山に命じる。麗子の口元はガクガクと震えていた。ギュッと口を結ぶ。そして言った。

「逃げて」

影山の動きが止まった。

震える体を無理に抑えつけた。まっすぐに前を向いたまま命じる。

「逃げなさい！　影山！」

残り時間は11秒。

影山が再びロープを摑んだ。

「お嬢様を置いてなど行けません」

影山の手が、結ばれたままの麗子の手に触れた。焼けるように熱かった。

「これは命令よ！　逃げなさい！」

影山は手を止めなかった。影山の髪から汗が飛んで麗子の頬が濡れる。

7秒。

デジタル表示を見て、影山が動きを止めた。ロープから手を放し、麗子の正面に向き直る。

「……お守りすることができず、申し訳ございません」

麗子は目の前の影山の顔を見る。眼鏡の奥の目が赤いドレスの麗子を映していた。

「この影山……、お嬢様にお仕えさせていただき、幸せでございました」

3秒。

水の中にいるみたいに影山が歪んで見える。影山の体がグッと大きくなった。麗子は影山に正面から抱きしめられる。すべてを包み込むような抱擁《ほうよう》だった。

「お嬢様……」

赤い数字がゼロを示すのが見えた。麗子は目を閉じる。

世界の底が抜けたみたいに、急に体が軽くなった。麗子は影山に抱かれたまま天を仰ぐ。

——何よこいつ……。こんな顔もするんだ。

爆発音が、麗子の耳を劈いた。

＊

ソロスから届いたファクスを手に、海原船長は苦悶《くもん》の表情で一同に告げた。

「ソロスからの新たな脅迫状だ。『予定通り航行せよ。定時到着厳守。救助行為は一切認めない。約束を破れば、新たな犠牲者が出る』とある」

藤堂支配人、松茂警備主任も俯《うつむ》いている。やるせなかった。

「……従うよりない」

海原船長の声はかすかに震えていた。全クルーに向けて指示を出す。

「……針路維持だ。フル・アヘッド」

＊ 5 ＊

目を開けた。眩しくて手のひらで両目を覆った。視界が戻っていく。目の前に、見たことのない世界が広がっていた。

「ここ……、どこ……？」

麗子は呟く。麗子は赤いドレスを着ていた。足元は白砂。赤いハイヒールが細かな砂に半分ほど埋まっていた。何度も目をまたたく。聞き慣れた声が耳元で囁《ささや》いた。

「……お目覚めになられましたか、お嬢様」

麗子は呆《ほう》けた目を声の主に向ける。

「……影山」

影山がいつもみたいに、胸に手を置いてお辞儀をした。麗子は自分がどこにいるのかますますわからなくなる。「なかなかお目覚めにならず、少々心配いたしました」

「ここは……？」

影山が笑顔のまま、あたりを見回して言った。さわやかな微笑み。

「おそらく、無人島かと」

一気に目が覚めた。

「無人島!?」

何言ってるの、影山!?

「はい。いまのところ、他に入植者は目撃しておりません」

麗子は慌てる。

「いや、そういうことじゃなくて、わたしたちどうなったの!?　どうして……!?」

「救助艇で海に落ちた後、海流と星を見て、昔ながらの航海術でこの島までたどり着きました。少々長い航海となってしまいましたが……」

「だからそうじゃなくて！　わたしたち爆発したでしょ!?　どうなってるの!?」

影山が笑う。「お嬢様は爆発などしておりません。爆発したのは、救助艇とデッキを繋いでいた固定装置でございます」

「は？」

「それで救助艇が切り離され、海に投げ出されました。お嬢様は、どうやらその際にお気を失いになられたようで……」

頭が真っ白になる。じゃあ、わたしたちは助かったってわけ？

「あの爆弾は？」

影山がさらりと答えた。

「爆薬は本物でしたが、起爆装置はつけられておりませんでした。時計はただのカウントダウンタイマーであったかと」

「なにそれ!?　つまり、爆弾が不発だったたってことなの？」

影山が馬鹿にしたような目で麗子を見た。麗子はその視線に少しイラッとくる。

「……何よその目」

「いえ……。それよりお嬢様。無人島では何より〝火〟が大切でございます。未知の生き物の襲撃に備え、食物を消化しやすいように温め、そして夜間は貴重な光源となる……。このご機会に、お嬢様にもぜひ〝火おこし〟をご習得いただきたいと……」

影山が板切れと細い棒を麗子に手渡した。麗子はそれを受け取って、一度それに目を落としてからきょとんとして影山を見る。「え？　なにこれ？」

「火きり棒と火きり板でございます」

「え？　だから何これ？　どうしたらいいの？」

影山が微笑みながら板切れを地面に置いた。その上に立てた棒を両手で揉《も》むようにして回転させる。赤く小さな火種がチラチラまたたいて、そこに一つまみの綿をかぶせた。そっと息を送る。

赤い光が力を得てポッと大きくなる。

「わ。点《つ》いた。あなた、こんなこともできるのね」

影山が顔を上げた。

「わたくし、サバイバル検定、通称サバケン一級の資格を持っておりますゆえ」

「サバケン？」

「さようでございます。この大きさの無人島であれば、現在の装備でも五年は生き抜けるかと」

麗子は呆《あき》れる。影山が器用にナイフを動かして木端を刻んでいる。それを火種に乗せ、小枝を重ねた。見る見る炎は大きくなる。麗子の頬が赤く染まった。

「ていうか、あなた、ナイフ持ってるじゃない」

「これは救助艇に備え付けられていたものでございます。あのときは探している時間がなかったもので」

「ああそう。あなたってホント、何者なの？」

影山がニコリと微笑んだ。あたりを見回して言う。

見えるのは茂る草木の緑と、暮れかけた空と海の青。それだけだ。

「何もない大自然を味わうというのも、たまにはよいものかと」

少しだけ笑った。麗子は「ふう」と声に出して息をつく。

「でも……、わたしたち、結局まんまとソロスにやられちゃったのよね」

言ったら影山が手を止めて顔を上げた。「と、おっしゃいますと？」

「だって、結局全部、ソロスの仕業だったってことでしょ？　爆弾が不発だったから助かったけど、あと少しでソロスの狙いどおりわたしも殺されちゃってたんだから」

「………」

「ソロスは目撃者すべてを抹殺《まっさつ》するつもりだったんでしょ？　その狙いはほとんど達成されちゃったようなものじゃない」

言い終えて影山を見てみた。影山の目が麗子を向いている。非常に残念そうな顔をしていた。

「何よ」

「あ……、いえ」

「何よ。はっきり言いなさいよ」

影山は渋る。

「いや……、しかし……」

「どうせわたしたちしかいないんだし、隠し事なんてしたってしかたないでしょ」

影山が顔を上げた。躊躇いがちに言う。

「では……、いいのでございますか？」

麗子は優しく微笑む。今日は特別だ。だってさっき、あなたは……、

「いいのよ。あなたはわたしを命がけで守ろうとしてくれた。どんな言葉でも受け入

れるわ」

影山がしんみりした顔のまま小刻みに肯いた。

「では……、一言だけ申し上げてもよろしいでしょうか」

「ええ。どうぞ」

「……失礼ながらお嬢様」

影山の顔が近づく。十五センチの距離。

「お嬢様の脳みそは難破船《なんぱせん》でございますか？　座礁《ざしょう》して、機能を失っておいでかと」

一言一句、完璧《かんぺき》に耳の中に飛び込んできた。

「ハハン」

その上、鼻を鳴らす音まで聞こえた。淀《よど》みなく言う。「その鈍さにこそSOS。救助が必要でございます」

麗子は影山の顔を見る。影山はまばたきもせずに麗子を凝視《ぎょうし》していた。十五センチの距離のままで。

「…………」

「しかし、極限状態というのは恐ろしいものでございますね。なぜ、このようなお方に命を投げ出そうと思ったのか、今のわたくしにはまったくもって理解しかねます」

麗子は無言で立ち上がった。砂を踏んで波打ち際にたたずむ。凪《な》いだ海。吹き抜ける潮風。

髪を風に靡《なび》かせながら、透明な空に向かって呟いた。

「……なんだったんだろ。ちょっぴりキュンとなってた自分がこの上なく恥ずかしい。……生死の境をともにくぐりぬけた今、無人島に来てまで毒舌？」

砂を踏む。足元にじわりと水が湧《わ》き出す。

「……なんなのよこの暴言執事は。ありえない。許せない！　生かしておけない！」

全身全霊を込めて勢いよく振り返った。焚《た》き火の向こうで影山が直立して麗子を見ている。

指を突き付けて叫んだ。

「クビよクビ！　絶対クビ！　クビクビクビクビクビクビクビーッ!!」

影山が恭しく頭を下げた。

「承知いたしました。しかしながらお嬢様……、ここでわたくしをクビにしたところで、どうなさるおつもりで？」

指を突き付けたまま麗子は固まる。そのポーズのまま、目だけを動かしてあたりの様子を探ってみた。見えるのは砂と塩水と空。それとゴリラがウホウホ言ってそうな深い森。得体のしれない生き物の鳴き声が、遥《はる》か遠くからやまびこみたいに聞こえてくる。

死ぬと思う。三日……、いや、半日くらいで。

「…………」

影山の真顔の向こうに、悪魔の微笑みが透けて見える。

辛《かろ》うじて抵抗を試みた。

「なによ！　あなたなんか、結局ソロスに負けたくせに！」

影山が心外そうな顔になった。

「それは違います。わたくしはソロスに負けてはおりません。それどころか、まだ戦ってもいないかと」

「え？」

麗子にはわけがわからない。「どういうことよ」

影山の呆れ顔。

「どうもこうも、わたくしはクビになりましたゆえ」

ムカつく。

「いいわよ。じゃあ許してあげるわよ。だから」

「はて？　許すとは？」

ムカつく。

「だからぁ……、真相を言ってみなさいよ」

「言って〝みなさい〟？」

麗子の頬がひきつる。コイツ……。

「………」

「で、お嬢様は何がおっしゃりたいのでしょうか？」

屈辱。

「……お願いだから、わたしにもわかるように真相を教えてちょうだい」

影山が満足そうに笑う。麗子はお嬢様としてのプライドをズタズタにされて顔を俯ける。いつか絶対、コイツにギャフンと言わせてやる。

「かしこまりました。しかしながら、話が少々複雑でございますゆえ……」

影山が手のひらを上に示して麗子を焚《た》き火の近くに呼び寄せた。麗子は、影山のエスコートで流木の椅子《いす》に腰かける。緑の葉っぱのお皿に、色とりどりの木の実や果実が載っていた。ブリキのバケツのお鍋《なべ》にいつの間にか温かなスープが湯気を立ててる。

「謎解きは、少し早めの無人島スペシャルディナーのあとにいたしましょう」

第 4 章

＊　1　＊

ワイン&シャンペンバー「ベリーニ」。カウンター席に風祭警部と松茂警備主任は二人並んでいた。警部はずいぶんなペースでグラスを空けている。またシャンペンをひとつ空にした。すでに何杯目かわからない。

「警部……、そんなに飲んで大丈夫なんですか？」

松茂警備主任の心配そうな声。風祭警部はすでにへべれけ状態だ。微妙に呂律《ろれつ》も回っていない。

「だいじょうぶらって。あつしげ君、僕の気持ちがわかるかい？」

「松茂です」

「ソロス逮捕を目前にしながら、『これ以上捜査をしたらもっと殺しちゃうよー』と脅迫された僕の気持ちが……！」

「……僕だって警部と同じ気持ちですよ」

二人同時にグラスを傾けてグイと喉《のど》を鳴らした。アルコールが喉を滑って胃が熱くなる。

風祭警部は酔いが回ってはっきりしない視線で、右隣の松茂警備主任の肩の向こうに目をやった。三つほど向こうのカウンター席に若い女性が座っている。たしか船内新聞担当の枕崎とかいう女性編集者だ。なにやら思い悩んだような顔をしている。バーテンダーが新しいシャンペンを風祭警部の前に差し出してきた。

風祭警部はシャンペングラスを手に、心の中で叫ぶ。

なにやらお悩みのご様子。それじゃ、この僕があなたの悩みを忘れさせてあげよう。

そして勢いよくグラスをカウンターにスライドさせた。シャンペンの満たされたグラスは松茂警備主任の前を通り、枕崎美月の前を素通りし、さらに先の女性の左手にぶち当たって派手に倒れた。中身のシャンペンが飛び散って、風祭警部の暴投の被害者になった女性が大声を上げる。

「ちょっとぉ！　何すんのよそこの白スーツぅ！」

恵比寿様だった。立ち上がった恵比寿様の柄物の上着がシャンペンでびっしょりと濡《ぬ》れている。

フラフラしながら椅子《いす》を降りて風祭警部はハンカチを取り出す。

「いやあ……。この僕としたことが手元が微妙に」

風祭警部の白いハンカチを恵比寿様がもぎ取った。上着をはたきながら叫ぶ。

「何が微妙だよ！　大暴投じゃんか！」

おいしかった……。そういう感想を抱いた自分に、何かちょっと負けた気がするけど、事実おいしかったのだから仕方ない。麗子はふうと満足の息をついて、小枝でできたフォークを木の葉の皿に戻す。特にソースがよかった。いったいどうやって作ったのかしら。この何もない無人島で、こいつは……？

影山を見た。影山が恭しくお辞儀して、それから麗子に半分に割ったココナッツを差し出す。

「ありがとう」

麗子はそれを受け取った。食後のお茶。謎《なぞ》解《と》きの始まりだ。

＊ 2 ＊

麗子の背後に立つ影山の頰《ほお》が、焚《た》き火の赤にチラチラと染まっている。

「……最初に申し上げておきますが、今回の事件は、ファントム・ソロスの犯行ではございません」

「え？」

いきなり出鼻をくじかれた。麗子は口の中のココナッツジュースを飲み込んでから大きな声を出す。「ちがうの!? だってわたしのことを誘拐したのはソロスだったんでしょ?」

「いいえ。それはソロスを騙《かた》った別人の犯行でございます。今回の事件すべては、ある人物が、ある物を盗むために起こしたもの——。そのために人を殺し、それをソロスのせいにしようとしていたのでございます」

麗子は首を曲げて影山を見上げる。「盗むって何を?」

影山がニコリと微笑《ほほえ》んだ。

「セイレーンの涙でございます」

麗子の頭は一瞬フリーズして、それから一気に映像がよみがえった。セイレーンの涙。宝生家が所有する青い原石。海難事故を防ぐという言い伝えがあり、宝生家の人間が船旅に出る際には必ず携帯される一種のお守り……。

今回の旅でも、麗子の宿泊するレイコスイートに、お守りとして保管されていた。

「あのお守りの石を?」

「さようでございます。今回の一連の事件は、〝セイレーンの涙〟を盗むために起きたものだと仮定すれば、すべて辻褄《つじつま》が合うのです」

麗子にはわからない。

「あんな石ひとつのために？」

影山は悲しそうに微笑む。

「いいえ。セイレーンズ・ティアドロップは世界最大級のブルーダイヤの原石。その価値は五十億円とも言われております」

「へえ……。そんなに高かったの、あれ」

影山がたきぎを摘《つま》み炎の向きを調節する。麗子の顔に火が向かないようにしている。

「……セイレーンの涙は、もともとは大航海時代に、海賊たちの間で奪い、奪われ続けてきた秘宝……。所有者に富をもたらし、持っていれば海難事故にあわないという言い伝えがあることから、時の権力者たちが競ってあの宝石を求めてまいりました」

影山の銀縁眼鏡が焚き火の明かりを反射している。

「……以前は、香港で海運業を営んでいたリー財閥が所有しておりましたが、その後、競売にかけられることになり、旦那《だんな》様が落札――。以来、お嬢様が船にお乗りになるときは、必ず持っていくことが決まっていたのです」

麗子は「ふうん」と声に出す。

「だからいつもお守りに――。でも、それがあの事件とどう関係あるっていうの？」

影山が小さく笑う。

「順を追ってご説明いたしましょう。最初に起きたのは、レイモンド・ヨー殺害事件でございました」

「ええ、そうね。海に捨てられたはずの遺体が、なぜか救命胴衣を着ていた……」

「ポイントはそこでございます。レイモンド氏の着ていた救命胴衣は、銃痕《じゅうこん》が残されていなかったことから、『殺害後に犯人によって着せられた』ことが推測できます。では、なぜ犯人は、わざわざ救助しやすいように遺体に救命胴衣を着せたのか？」

「そうよね……。犯人にとっては、むしろ遺体が見つからないほうがいいんだし」

麗子の言葉を受けて、影山が小刻みに首を横に振った。

「よくお考えくださいお嬢様。素直に考えればその答えは明白でございます。――つまり犯人は、『救助活動をしてほしかった』のでございます」

「え？　どういうこと!?」

影山が夜空を指差した。満天の星を示して麗子に言う。

「ご想像くださいお嬢様。ヴァーゴ船内にて花火を見ていた、あのときの様子を……」

麗子は夜空に思い浮かべる。あのとき、わたしと影山は船の左舷デッキにいて花火を見ていた。凛子さんと藤堂支配人も一緒にいたっけ。ああ、そうだ。そこで風祭警部に会っちゃって、影山と警部がなんか妙な空気になって、それを何とかしようと藤堂さんが記念写真を撮ろうと言い出したんだ。

それで、フラッシュが光ったら、乗客たちの悲鳴が聞こえて、人が落ちてきた——。

影山が静かに言う。

「人が船から落ちた場合の操舵《そうだ》方法というのは、世界共通で決まっております。転落者が落ちた方向に目一杯舵《かじ》を切り、エンジンを停止。これは転落者が船のスクリューに巻き込まれるのを防ぐためでございます」

「へえ。そうなの」

あのときは左舷デッキ側からレイモンド・ヨーが落下した。確かにヴァーゴは左に大きく舵を切って、麗子たちはバランスを崩して倒れそうになった。

「ただし、船のエンジンは、船内で使用される電力の供給元となる発電機も兼ねております。エンジンを止めれば電力の供給がストップする」

麗子は思い出す。そうだ。あの後、船中の明かりが落ちた。

「あ……！　それを知ってたからあなた、あのときわたしに『落ち着いてくださいませ』なんて言ったのね！　知ってたなら先に教えなさいよ」

「あのときは時間がありませんでしたゆえ……。しかし、エンジン停止による停電は長くは続きません。それが予備電源に切り替わるまで、最長で四十五秒」

「……四十五秒？　そんなことまでわかるの？」

「はい。船舶設備規定に定められておりますゆえ」

麗子は考え込む。

「つまり……、あなたはこう言いたいわけ？　『犯人は、人が海に落ちると、船がエンジンを止めることを知っていた』」

影山が肯《うなず》く。麗子は続ける。

「そして、『エンジンが止まっている四十五秒の間は、船内の電力供給が止まることも知っていた』」

影山がお辞儀した。「さようでございます。さすがはお嬢様。犯人の狙《ねら》いは、まさにこれでございました。救助活動をさせて、船内の電力供給をストップさせることを目論《もくろ》んでいたのでございます」

麗子は首を傾《かし》げた。「でも……、なんでそこまでして電気を？」

影山の返答は早かった。「もちろん、セイレーンの涙を盗むためでございます」

「え？」

気づいた。

「あ！　あの電子ロックのセキュリティシステムを切るため!?」

影山の微笑み。

「はい。あのセキュリティシステムは、電子ロックと赤外線センサーの二重構造になっております。しかし、電力の供給が止まればいずれの機能も沈黙いたします。……犯人は、電力が落ちて予備電源に切り替わるまでの四十五秒間、その隙《すき》をついてセイレーンの涙を盗み出す計画だったのです」

「……そのために、レイモンド・ヨーを殺害したってこと？」

ただ、それだけのために？

「はい。セイレーンの涙を奪うため、犯人には、海に落とすための物言わぬ遺体が、どうしても必要だったのでございます」

「………………」

「ただし、せっかく用意した転落者も、乗客の誰かに目撃されなければ意味がありません。そこで犯人は、大勢の人々が船外デッキに出ている花火の最中に、あえてレイモンドを落とした。しかも、着水後も、それが人であることが見えやすいように、救命胴衣までつけて」

「……だからレイモンドは救命胴衣を着ていたのね。それで、犯人は船の電気を止めて、セイレーンの涙を盗み出したの？」

「いいえ……。計画通り電気は止まりましたが、盗むことはできませんでした」

麗子は眉《まゆ》をひそめる。「なぜ？」

「お忘れですかお嬢様。あの停電の直後に、『長髪でステッキを持った男が、スイートルームフロアに走っていった』という目撃証言があったことを」

「あ！」

「目撃されたその男は、外見の特徴から『マイケル・クワン』と見て間違いないでしょう。あの停電の最中、犯人はレイコスイートの前で、予想外の人物、黒いコートを着たマイケル・クワンにばったり出くわしてしまったのです」

「それで、盗みに入ることはできなかった……」

「ええ。しかし、犯人は『マイケル・クワン』に不審を抱いた。誰もが混乱の渦中《かちゅう》にある停電中の船内で、レイコスイートの前に一人でいたわけですから。おそらく犯人は、その後マイケル・クワンの後をつけたのでしょう。その結果、マイケル・クワンの正体が『石川天明』であることに気づき、計らずも彼を殺してしまった……」

麗子は驚く。声がひっくり返った。「ちょ！　ちょっと待って！　殺された石川天明が『マイケル・クワン』だったっていうの?」

影山が意外そうな顔になる。「おや? お嬢様は気づかれていなかったのでございますか?」

言って胸ポケットから一枚の写真を取り出した。石川天明が失踪《しっそう》したときに、捜索用に配布された石川のパスポートの控えだ。影山がペンを滑らせて石川天明の顔写真に何やら書き込んでいく。

「あ……!」

影山が書き込んだのは長い髪とモジャモジャの髭《ひげ》。麗子はその顔に見覚えがある。

「マイケル・クワン!」

影山が写真を懐に戻しながら言う。

「石川天明とマイケル・クワンは同一人物。変装していただけでございますよ」

麗子はそれでも納得がいかない。

「でも……、なんで石川は変装なんて」

「それは、石川天明もまた、セイレーンの涙を狙っていたからでございます」

また驚くはめになった。「石川天明もあの石を狙ってたの?」

「はい。お嬢様、お忘れですか? ICPOから重要な情報が寄せられていたことを」

「あ！」

「ええ。風祭警部がおっしゃっていました。『この船に、国際的な窃盗犯が乗るという情報がある』と」

「……たしかにそんなことを言ってたわね。いつもの警部の妄想かと思ってた」

「その国際的な窃盗犯が、石川天明だったものと思われます」

麗子は頭を整理する。

「ちょっと待って。じゃあ、石川天明は、ソロスとはまた別の泥棒だったってこと？」

「はい。そして石川天明もまた、セイレーンの涙を求め、突如起きた停電を、『これ幸い』と考えて部屋の前までやってきた」

影山が長い息をついた。間を置いて話し出す。

「そして……、ここからはわたくしの想像が混じりますが、マイケル・クワンの正体が石川天明だと知った犯人は、石川天明の狙いを確かめるために、彼の居室に向かったのです」

「…………」

「そして、石川天明と口論になり、結果、彼を殺してしまった」

麗子は考え込む。思い出して呟いた。

「でも……。石川天明の遺体は土下座の格好をしていたわ。それはなぜなの？」

「その謎もやはり、セイレーンの涙につながっているのでございます。思い出してくださいませ、お嬢様。マイケル・クワンの部屋を調査したときのことを」

麗子は目を閉じて思い出す。石川天明の遺体があったジュニアスイートルーム。全裸で土下座した姿勢の天明の遺体。毛の長い絨毯《じゅうたん》。影山が発見した、壁に飛び散った青い小さなしみ。そして、絨毯に付着していたザラザラした何か。

「あのとき……、石川天明の遺体のまわりに落ちていた〝粉〟にお気づきになられましたか」

「ええ。あなたが教えてくれたものでしょ？　何だかザラザラした」

「あの粉は、いったいどこからやってきたのか。その答えは、わたくしとお嬢様のすぐ頭上にございました」

「え？」

想像の中でジュニアスイートルームの天井を見上げてみた。記憶はぼやけてはっきりしない。

「……あのとき、マイケル・クワン、つまりは石川天明の部屋の天井には小さな穴が開いていたのです。大きな円を描くように六か所ほど」

「なにそれ」

「……石川天明がドリルで開けた穴と目されます。厳密に言えば、その穴を塞《ふさ》いだ跡でございます」

「穴？　じゃあ、絨毯に落ちていた粉は、天井の削りかす？」

「はい。石川天明は、お嬢様がヴァーゴ号に乗船なさるという情報を得て、半年前からコック見習いとして船内に潜み、セイレーンの涙を盗む準備をしていたのでありましょう」

影山の声は淡々としていた。

「石川天明は、藤堂支配人の娘である藤堂凛子さんに近づき、マスターキーのコピーを作成、レイコスイートに侵入した。部屋の中央にあるセキュリティ台の正確な位置を調べるためです」

麗子の顔が歪む。想像したくない。

「そして石川は、今回のクルーズでは偽造パスポートを使い、香港人のマイケル・クワンとして乗船いたしました。レイコスイートの真下にあるジュニアスイートの部屋を予約し、セキュリティ台の位置にあたる部分にドリルで穴を開けた。……その穴に爆発物を仕掛け、セキュリティ台ごと自分の部屋に落として、セイレーンの涙を奪うためでございます」

驚く。

「そんな荒っぽいこと、しようとしてたの!?」

「セイレーンの涙を盗み終えたあとは、コック見習いの石川天明になりすませばいいわけですから、ド派手にやれるわけです」

「……じゃあ、あの部屋から検出された火薬は、その爆発物のものだったわけね。でも、まだ謎は解けていないわ。なんで石川天明は土下座していたの？」

純真無垢《むく》な目で影山を見てみた。影山が「ふう」と息をつく。

「お嬢様の目はフジツボでございますか？」

「ちょっと！　さらっと毒舌差し込んでこないでよ！」

さっき食べたフジツボはちょっとおいしかったけど。

影山が小学校の先生みたいに麗子に諭《さと》す。

「きちんと目を見開き、想像力を働かせてくださいませ。よろしいですかお嬢様。犯人はマイケル・クワンの部屋に行き、そこで口論になって石川天明を殺してしまった」

「うん」

「石川天明は、セイレーンの涙を奪うため、天井に工作している最中です。部屋にはドリルや爆薬などが置かれていたはずでございます」

「うん。まあ、そうね」

「さらに、天明を殺害してからほどなく、犯人は天井の穴も発見いたします。そして気づいたのです。石川天明の『セイレーンの涙収奪』の計画に」

「ええ。まあ、気づくわよね」

「犯人は困りました。このまま現場を見られれば、石川天明がセイレーンの涙を狙っていたことがバレてしまう。そうなれば警備が厳しくなり、自分が盗むことも難しくなってしまうかもしれない。そこで犯人は、ドリルや火薬、それに天井の削りかすなどを必死になって片づけました。証拠を消そうとしたのです」

想像はできた。確かにそうするよりないだろう。

「ですが、道具や床の削りかすは処理できても、天井の六つの穴だけはどうしようもありません。今のままでは、ドリルで開けられた黒々とした穴が見えていて非常に目立ってしまいます。なんとかしてその穴を塞ぎたかった。けれど、石川天明が踏み台に使っていたであろう椅子は、脚が折れてしまって使い物になりません。さて、この状況でお嬢様ならどうなさいますか？」

　突然聞かれた。麗子は答えられない。「どうするって……」

「犯人は、石川天明の遺体に目をつけたのです。裸の石川天明の体を起こし、膝《ひざ》を曲げさせ、腰を折って土下座の姿勢をつくったのです」

「……まさか、遺体を踏み台に使ったっていうの？」

「そのとおりでございます」

　影山が右手の指先と左手の指先を重ね合わせた。それを麗子に示す。

「土下座の姿勢なら、このように重なる部分ができて厚みが生まれます。ふくらはぎ、太もも、さらに胴体、これら三つの部位の厚みを高さに活《い》かすことができるわけでございます」

「ちょっと待って。そんなことしなくたって、ヴァーゴの客室にはテーブルとかソファがあったはずよ。踏み台ならそれを使えばいいじゃない」

「いいえお嬢さま。それはできません」

「なぜ？」

「動かせないからでございます。船内の多くの家具は、万が一、船体が揺れたときにも動かないように、往々にしてビス止めされているものなのでございます」

そして悲しそうに言った。

「ゆえに、犯人は遺体を踏み台に使わざるをえなかった……。こうして、土下座の格好をした遺体が出来上がったというわけでございます」

納得しかけたがひっかかった。でももう一つ、石川天明は、

「全裸だったじゃない。その理由は？」

「それはまた、後程ご説明いたします」

いまひとつ腑《ふ》に落ちない。負け惜しみみたいにして言った。

「まあ、聞いたかぎりは話の筋は通っているようだけど、あなた、いったいいつからその推理を？」

影山が笑った。

「お嬢様の身代金を用意するため、カジノでポーカーをしていた時です」

「ああ……。醤油《しょうゆ》メーカーの京極天とポーカーで勝負したって、あなた話してくれたものね」

「ええ。あのとき、カードを摑《つか》むわたくしの指先がべたついておりました」

「それがどうかしたの？」

「そして、勝負の最中にセキュリティの警報音が鳴り響いた。そのときにはじめて、

犯人の狙いがセイレーンの涙であることに気づき、この推論にたどり着くことができたのでございます」

麗子にはわけがわからない。

「なんでそれだけでそんな推理にたどり着くの？」

影山が焚き火に砂をかけはじめた。火勢が弱くなって、あたりの暗さが際立つ。

「続きは、ぜひ犯人の前でお話しさせていただければ」

聞き捨てならなかった。「えっ!?　犯人もわかってるの？」

「ヴァーゴ号に戻って確かめさえすれば……」

胸の前で腕を組んで言う。麗子はフフンと鼻を鳴らした。

「なによ、負け惜しみ言っちゃって。船は明日シンガポールに着くのよ。犯人は逃げてしまう。もう勝負はついたってことじゃない」

影山が残り火を靴底で踏み消した。これから夜が更けるのにどうしてそんなことをするのか、麗子にはさっぱりわからない。

「お嬢様。勝負はまだついておりません」

言い終えて影山が夜空を向いた。麗子もその視線を追いかける。満天の星。その中にひときわ大きな、白い二つの明かりが見えた。金星や月よりもずっと明るい。揺れながらそれが近づいてくる。

影山がポツリと言った。

「やはり、間に合ったようですね。さすがでございます」

麗子の顔が「?」になる。

みるみるうちにライトは月から太陽になって、その後ろに白い機体が見えてきた。まっすぐにこの島を目指している。強い風が麗子の髪とドレスをはためかせる。飛んでくる砂粒に目をつぶった。エンジン音が収まって、麗子はゆっくりと目を開ける。

「オジョウサマぁあー! ご無事でございますかぁー!」

着陸したヘリから、白髪の黒服が飛び出してきた。ヘリの明かりに浮かんだその顔を見て麗子は叫ぶ。懐かしい顔だった。

「唐沢《からさわ》!」

影山の前任の執事の唐沢だ。唐沢の眼鏡の奥の目が潤《うる》んでいる。

影山が麗子の手を取った。

「わたくしの留守の間、宝生家をお願いしてておりました。やはり唐沢さん、気づかれるのが早い」

影山に手を引かれながらとりあえず尋ねてみた。

「どうやって気づいたの？」

「お嬢様の靴底に付けられたＧＰＳ。その動きがこの島で止まっていることを不審に思われたのでしょう」

とりあえず突っ込んだ。

「ＧＰＳ!? わたし、いつもそんなの付けられてたの!?」

＊ ３ ＊

風祭警部はエグゼクティブスイートの自室で悩んでいた。部屋のソファでは、手錠で繋《つな》がれた二人の男が風祭警部の顔色を窺《うかが》っている。時折無意味に「へへ」と笑う。

——Ｋライオンを盗みに入ったコソ泥二人は捕まえた。それはいい。だが……。

Ｋライオンの翼は折れたままなのだ。

高円寺健太が愛想笑いを浮かべて警部に言う。

「警部……。俺たち模型作ってたから、瞬間接着剤持ってますよ」

風祭警部の脳裏に電撃が走る。

「……!!」

「目撃者は俺と雄太の二人だけ……。もし見逃してくれるなら、俺たち、口を塞いで誰にもこの秘密バラしゃしませんよ」

「……!!」

警部の天秤《てんびん》は二、三回揺れて、それからあっさりと片方に傾いた。

「……君たちの反省の気持ちはよくわかったよ。直すがいいさ！　気が済むまで、Kライオンを直すがいいさぁ！」

＊

ヘリに乗って無人島を後にした。後部座席で麗子は影山に問う。

「……決着をつけるのね、影山」

影山が答えた。まっすぐに前を見つめたまま。

「はい――。お嬢様」

＊　4　＊

藤堂支配人は、グランド・ピアッツァのレセプション前で一人、船内を眺めていた。

麗子と影山はその背中に近づく。麗子が藤堂支配人に声をかけた。

「……藤堂さん」

振り返った。目を丸くしている。

「……麗子様！　影山様！　よくぞご無事で！」

影山が頭を下げた。藤堂支配人が畳み掛けてくる。

「麗子お嬢様が誘拐されたと聞き、わたくし、どうしてよいかわからず……。影山様が麗子様を助け出されたので？」

影山はその質問には答えなかった。落ち着いた声で言う。

「藤堂様……、少し、よろしいでしょうか」

藤堂支配人の表情が微妙に揺れた。一瞬だけ迷ってからコクリと肯く。

「はい……。いったい何でしょうか？」

影山はレイコスイートの中央、セキュリティシステムに守られた台座の前に立っていた。麗子は影山の隣にいる。藤堂支配人とは向き合う形だ。藤堂支配人は部屋の入口近くに立って、不思議そうな目で麗子たちを見ていた。

影山が、壁の四桁《けた》のパネルを操作してセキュリティを解除した。赤い光の消えた台座に近づきながら言う。

「……実は、宝生家が誇る世界最大級のブルーダイヤ、〝セイレーンの涙〟が盗まれました」

言いながら手を伸ばして青い原石を摑み取った。顔の前で部屋の照明に透かす。

藤堂支配人が困惑した声を出した。

「しかし……、お手に持っているそれは？」

「これは、精巧に作られたイミテーションでございます」

言うなり手の中の原石を床に落とした。藤堂支配人の視線が原石を追って下に流れる。大理石の床に当たった瞬間、甲高い音がして青い原石はいくつもの塊に砕け散った。影山の冷たい目がそれを見ている。

麗子は呟《つぶや》いた。

「……ガラス製？」

「はい。これは偽物でございます。お嬢様、破片にお気をつけて」

影山が藤堂支配人に向き直った。言葉を切ってはっきりと言う。

「単刀直入にお聞きします。藤堂さん、犯人は、あなたですね」

時が止まった気がした。麗子は身を固めたままコクリと唾《つば》を飲み込む。

藤堂支配人の唇が震えた。

「そんな……、わたくしが盗んだと？」

影山は迷わなかった。

「はい。そして、一連の事件すべてが、あなたの犯行かと」

藤堂支配人が身じろいだ。反応に困ったような顔をしている。

「……何をおっしゃっているのかよくわかりませんが……。そもそも、レイモンド・ヨー様が海に落とされたあの時、わたくしはお二人と一緒にいたと記憶しております。あの瞬間、麗子様と風祭警部のお写真を撮ったのは、わたくしではありませんか」

麗子もそれは確認している。あの時、藤堂支配人は確かに麗子たちといっしょにいたのだ。言ってみれば、目撃者はこの船の乗客ほとんど全員と言っていい。あの時間の藤堂支配人のアリバイは完璧《かんぺき》だ。何しろ、ほかならぬ麗子と影山が、その証人になるのだから。

「そうよ影山！　あのとき、藤堂さんはわたしたちといっしょにいたじゃない。藤堂さんには、レイモンド氏を海に落とすことはできなかったはずだわ」

勢い込む麗子を影山が手で制した。藤堂支配人をじっと見つめたまま言う。

「確かにあれは決定的なアリバイでした。しかし――、その場におらずとも、狙った時間にレイモンド・ヨー氏を海に落とすことは可能でございます」

麗子は眉間《みけん》にしわを寄せる。藤堂支配人も率直に尋ねてきた。

「いったい、どうやって？」

影山が胸のポケットから一枚の写真を取り出した。それを麗子と藤堂支配人に示す。

「あ！」

「これは……。麗子様と風祭警部のお写真。まさしく、あの瞬間にわたくしが撮影した写真ではありませんか」

藤堂支配人から翌日にはその写真を貰《もら》っていた。そのときは何とも思わなかったのだ。影山が写真の右端に指を置いた。

「こちらを」

麗子はその写真から目が離せなくなった。写真の中央にはドレス姿の麗子と白いスーツの風祭警部。二人の後ろには暗い海。その海の右端に、黄色い何かがほんの少しだけ写っていた。たとえるならインクの染みを指の腹で擦《こす》ったような掠《かす》れ。高速で動く物体が写真の端っこに捉《とら》えられた瞬間。

「これって……?」

麗子の呟きに影山が答えた。「はい。レイモンド・ヨー氏につながっていた、浮輪の一部でございます」

麗子は短い声を上げる。「浮輪!?」

「レイモンド・ヨー氏の遺体が落ちてきたとき、ヨー氏の体にほんの少しだけ遅れて、大きな浮輪が落ちてきたのです。あの場に居合わせたときは確信が持てずにおりましたが、藤堂さんの撮影なさったこの写真で確証を得ることができました。これが、推理のきっかけでございました」

麗子は頭をフル回転させる。そういえば確かに見た。レイモンド氏の遺体と一緒に、黄色い浮輪が落ちていくのを。

影山は続けて言う。

「レイモンド・ヨー氏の救命胴衣には、紐《ひも》か何かで締め付けられたような跡が残っておりました。そして、レイモンド氏の部屋の海側に面した窓は、幅二十センチほど開いたままであったことが、捜査によって確認されております」

影山が写真をポケットにしまった。藤堂支配人をまっすぐに見たまま言う。

「そして、ベランダの手すりには擦《す》り傷のようなものが二か所……。わたくし自身が確認いたしました。これらを組み合わせますと、次のような推論が成り立ちます」

麗子は想像する。レイモンド・ヨーの部屋の様子。あの夜の事件の真相を。

「まず、藤堂さんは、部屋にいたレイモンド・ヨーを拳銃《けんじゅう》によって殺害。あらかじめ部屋まで運んできておいた、大きな浮輪と紐をつなぎました。これらはアッパーデッキのプールで貸し出しているものを利用されたのでしょう。その後、藤堂さんはレイモンドの遺体に救命胴衣を着せ、その胸回りに紐をかけた。レイモンド氏の遺体を支えるためです」

揺らがずに藤堂支配人を見つめている。

「そして、遺体をベランダの外側、海の真上にあたる場所に吊《つ》るした」

藤堂支配人は動かない。

「そして、遺体からつながっている紐つきの浮輪を部屋の中に入れ、窓を閉めることで遺体をぶら下げたまま固定した。このときに、あなたは窓に、二十センチほどの隙間をつくっておいた」

両の手のひらを胸の前で立てて、二十センチの隙間を示した。

「最後に、部屋に引き込んだ浮輪に小さな穴を開ければ、浮輪からは次第に空気が抜け、やがて、浮輪の幅が二十センチを切ったところで、窓の隙間から飛び出します。当然、ぶら下がっていた遺体も落下する。時限装置の完成、というわけです」

藤堂支配人が苦笑していた。影山に向かって子どもの過《あやま》ちを正すように言う。

「そんなにうまく行くものでしょうか？　そもそも、空気が抜けて遺体が海に落ちるまでの時間がわからなくては、その行為自体に意味がなくなってしまうのでは？」

影山は間を置かず答えた。「簡単に計算できます。六十キログラム程度の体重の場合、ペン先で突いた程度の穴を開ければ、二十分後に落下いたします」

藤堂支配人がピクリと眉を震わせた。「なぜそのような計算が？」

影山は答えた。

「実際に、試したからでございます」

麗子は叫ばすにいられなかった。「試した!?　どうやって？」

「お忘れですかお嬢様。お嬢様がレイモンド・ヨー殺害事件の捜査をされている間、わたくしは船上探偵として、乗客たちの紛失物を探しておりました」

「ええ……、そうだったわね。それがどうしたの？」

「『プールに指輪を落とした』という依頼を解決したわたくしは、その後、プールで浮輪に揺られながら、極上のティータイムを楽しませていただきました」

「ええ……。そんなこと言ってたわね」

「そしてカジノでは、着ぐるみ〝ブラックチャックくん〟の担当者と懇意《こんい》にさせていただきました。おかげで、〝ブラックチャックくん〟の着ぐるみをしばらくの間お借りすることができた。――プールで拝借した浮輪と〝ブラックチャックくん〟の着ぐるみ。それで実際に試してみたのです」

「まさか……、あなた」

「六十キログラムの〝ブラックチャックくん〟は、二十分後に落下いたしました」

驚かずにいられない。「じゃあ、あれは本当に捜査してたってことなの？」

影山が藤堂支配人に向き直った。麗子は影山に振り回されっぱなしだ。

「こうして、藤堂さんの計画通りにレイモンド・ヨー氏は海上に落下。大勢の乗客にそれを目撃させることに成功しました。しかし、その後の停電の最中、あなたは目的地であるレイコスイートの前で、マイケル・クワンと鉢合わせてしまった」

藤堂支配人は探るような目でじっと影山を見ている。何も言わなかった。

「そして、マイケル・クワンの正体が石川天明だということが判明、あなたは石川天明を殺害した」

目だけが動いて影山の顔をギロリと嘗《な》めた。

「さらに、強心剤を医務室から盗み出し、それを自らの飲み物に混入、ソロスに狙われたかのようにみせかけたのです」

麗子は言葉が出てこない。「あれは自作自演……？」

「そして藤堂さんは、セイレーンの涙を奪うための新たな計画を実行した」

麗子にはわからない。藤堂支配人も何も言ってくれない。だって藤堂支配人は、小さいころから毎年麗子に手紙をくれた、麗子の大切な知り合いだ。会うことは少なくても、六歳のときから、ずっとつながってきた遠い地の友人なのだ。

「藤堂さん……。本当なの？　どうしてわたしを？」

彼の思いを確かめたかった。

藤堂支配人の口は動かない。

「……おそらく藤堂さんは、停電後にマイケル・クワンを見かけたという、最初の目撃証言を出した二人組を警戒されたのでしょう」

影山が続けた。目撃証言を出した二人組——。高円寺健太と高円寺雄太の二人だ。

「あのとき、マイケル・クワンを見かけたということは、藤堂さんの姿も見られていた可能性がある。お気づきになられましたか、お嬢様。ソロス捜索のため、シーツ交換を拒んでいる部屋の調査に向かったとき、例の二人組の部屋にはヴァーゴ号の模型がございました。部屋の内壁には、風祭警部の部屋の位置にマークのついたヴァーゴ号の断面図も――。あのとき、藤堂さんもそれを目撃されたのでしょう。そして、そのことで彼ら二人がKライオンを狙うコソ泥だということに気がついた」

「あの二人はKライオンを狙っていたの?」

「はい。おそらくは。――そして藤堂さんは、彼らをつけて、二人が警備の手薄になるチャンスを狙っていることを知った。……そして、彼らを利用することで、セイレーンの涙を奪うことができると考えたのでございます」

「……どうやって?」

影山は再び口を開く。藤堂支配人は唇をギュッと結んで影山を見ている。

「――まず、お嬢様を誘拐し、救助艇内に監禁。ソロスを装って、ブリッジに百万ドルの身代金を要求するファクスを送りました。そうすれば、船内のクルーは間違いなくお嬢様の捜索に駆り出されるからです。Kライオンの警備にあたっている警備員も同様です。藤堂さん、あなたはこの船のクルーを統《す》べる支配人……。『警備など今は放っておけ。すぐに捜索にあたれ』と、各クルーに指示を出されたのではありませんか？」

無言。

「その結果、二人のコソ泥たちは、Ｋライオンを狙うべく、風祭警部の室内に侵入することができた。おそらくは、二人のコソ泥に情報が届くよう、あなたが何らかの手《て》筈《はず》を整えたのではありませんか？　例えば『目につくところに無線機をあえて放置する』などの手を使って……」

影山は息をつく。

「二人のコソ泥が風祭警部の部屋に向かったのを見届けたあなたは、踵《きびす》を返してレイコスイートに向かった。ちょうどそのころ、わたくしは、ソロスからの要求を受け、現金入りのアタッシュケースを取り出すために、レイコスイートのセキュリティを一《いっ》旦《たん》解除いたしました。お嬢様の身代金を用意するためでございます。ですが……」

藤堂支配人を強い目で見つめた。

「これがあなたの罠《わな》だったのでございますね」

藤堂支配人が影山を見つめ返す。

「おそらく、あなたはこうなることを予見し、あらかじめレイコスイートのドアノブに粘着性の強い油のようなものを塗っておいたのでしょう。わたくしはレイコスイートのドアノブを握って室内に入り、金庫から現金を取り出すため、油の付着したその手で四桁のパスコードを入力した。当然、わたくしの指が触れたパネルだけ、油の粘着力が残ることになります。わたくしがアタッシュケースを持って部屋を飛び出したのを見届けた後で、あなたはマスターキーを使ってレイコスイートに忍び込み、壁のパネルに粉をふきかけた。それで、わたくしの触れた四つの数字が判明いたします」

麗子は思い出した。影山は、「カードを摑む指先がべたついていた」と言っていた。「それで一つの推論が成り立った」とも。このことだったのだ。

「四つのコードであれば、複数回の試行錯誤でロックの解除は可能です。パネルに触れる指が人差し指一本であることを考えれば、四回のタッチで粘着力はしだいに弱くなる。付着する粉の量からも、コードの推測は容易であったと考えられます」

言って、悔しそうに顔を歪《ゆが》めた。「そしてあなたは、暗証番号を探り当て、ケースのロックを解除した。セイレーンの涙の強奪まで、残るセキュリティは台座を覆う赤外線センサーのみとなります」

麗子にはまだわからない。台座のロックを解除したって、赤外線センサーは健在なのだ。指一本触れただけでも船内中に警報音が鳴り響く。

「でも……、赤外線センサーは解除できないじゃない」

影山は答えた。

「構わないのです。藤堂さんは、赤外線センサーにそのまま手を突っ込んでセイレーンの涙を掴み取った。堂々と、あらかじめ用意しておいた偽物とすり替えたのです」

わけがわからなかった。

「そんなことをしたら警報が……！」

「鳴っても構わなかったのです。そのときにはちょうど、二人のコソ泥が別のフロアで〝Kライオン〟を狙っていたのですから」

麗子は「あ」と呟く。理解した。

「〝セイレーンの涙〟と〝Kライオン〟を守っているセキュリティシステムは、どちらも同じ宝生グループの開発したもの。管理するコンピュータも同一でございます。ですから、たとえ警報が鳴っても、どちらの部屋に賊《ぞく》が侵入したのかはわからない。そして、この船に乗る人間は誰も、〝セイレーンの涙〟が狙われていることなど知りはしません。警報が鳴れば、当然〝Kライオン〟が狙われたと考える。Kライオンのある部屋に例の二人組のコソ泥が入り込んでいれば、すべて彼らの仕業になるというわけです」

影山はこうも言っていた。「京極天との勝負の最中に、セキュリティの警報音が鳴り響いた」と。それを、風祭警部を含めた誰もが、「Kライオン狙いの賊が部屋に侵入した」と認識したのだ。当然だ。警部だけじゃない。この船に乗る人間は、影山と麗子、それに殺された石川天明しか、レイコスイートに〝セイレーンの涙〟があることを知らなかったのだ。

もう一人、ここにいる藤堂支配人を除いて。

影山の静かな声が響く。

「そして、セイレーンの涙を手に入れたあなたは最後に、邪魔なわたくしとお嬢様を救助艇に乗せて海に落とした。このスーパースター・ヴァーゴから遠ざけるために」

影山の鋭い視線が藤堂支配人を突き刺した。

「こうしてあなたは、セイレーンの涙に一切目を向けさせないまま、すべてをファントム・ソロスのせいにして、事件を終わらせるつもりだったのですね」

藤堂支配人が苦笑とも取れる笑みをその顔に浮かべた。

「……確かに、筋は通っておりますが、それらはすべて影山様の想像にすぎないのでは……？　わたくしが犯人だという証拠はどこにも――」

影山は最後まで言わせなかった。断ち切るように言う。

「証拠ならございます。藤堂さん、あなたの胸にある、その万年筆です」

藤堂支配人の右手が上着の胸ポケットに触れた。影山は続けて言う。

「石川天明の殺害現場の壁には、小さな青い点が飛び散っておりました。あの独特の顔料の香りは、万年筆のインクでございましょう」

ゆっくりと続ける。

「船医の見立てによると、石川天明は先の尖《とが》ったもの、それも、ナイフなどのように刃の部分を持つものではなく、先端のみが鋭い凶器で首筋を刺されて殺害されていた……。おそらく、石川天明殺害にはペン状の凶器が使われたものと思われます。……藤堂さん、あなたはその万年筆で石川天明を殺害した。そのときに付いてしまった青色のインクを隠すために、あなたは遺体の衣服を脱がせたのではありませんか？」

藤堂支配人は答えなかった。ただ、その肩が小刻みに震えているのを麗子は見逃さなかった。

「その胸の万年筆を調べれば、十分な物的証拠になるはずでございます。そして……、本物のセイレーンの涙は、いま、あなたが」

麗子は息を呑《の》んで藤堂支配人を見た。支配人がまるで怯《おび》えるような目で麗子と影山を見ている。雨に濡れた小動物のようだった。麗子は尋ねる。少しだけ震えた声で。

「……藤堂さん。本当なの……？」

藤堂支配人の右手がギュッと強く握られた。まるで自分の心臓を鷲摑《わしづか》みにされたように感じた。藤堂支配人のその仕草が、「今の話は本当だ」と言っている。

「藤堂さん……、なぜこんなことを？」

答えない。さらに小さく身を縮めた。麗子は藤堂支配人に向かって踏み出そうとした。その麗子を影山の手が塞《せ》き止める。

「すべては……、リー家のためでございますね」

「リー家？」

麗子は聞き返した。耳慣れない名前だけど、何度か聞いたことのある名前。確か影山が言っていた。かつて海運業で世界にその名を馳《は》せた、香港の大財閥だ。

影山が藤堂支配人の胸ポケットに目をやっている。

「その万年筆にある龍は、リー家の家紋です。それは藤堂さんにとって大切な思い出の品なのでございましょう。だからこそ、重要な物的証拠になるとしてもどうしてもそれを捨てることができなかった」

藤堂支配人の唇が嚙《か》みしめられて白くなっている。ブルブルと震えている。

影山が言い放った。その言葉に藤堂支配人がバッと顔を上げた。

「これはわたくしの推論ですが……、あなたの娘である凛子様は、かつて海運業で世界の海を制した、リー財閥のご令嬢ではございませんか?」

藤堂支配人の目が見開かれる。その口が何か言おうとしてまた閉じられた。

「……そして、あなたは凛子様にお仕えしていた執事なのでは?」

藤堂支配人の瞼《まぶた》がゆっくりと下りていった。目を閉じ、そのまま項垂《うなだ》れて呟く。

「なぜ……、……なぜそのことを?」

はじめて口に出した、是認の言葉だった。

麗子の胸がギュッと締め付けられる。

＊　5　＊

幸せは人の数だけある。だから、船の中を満たしている人々の笑い声も千差万別で、願いが叶《かな》って喜びの笑みを浮かべる人や、冗談を言い合って笑う人、料理がおいしいと微笑む人、それらはみんな違うけど、すべての〝笑み〟は形を変えた〝幸せ〟なのだ。これだけは共通だ。

麗子は悲しかった。船旅を楽しみ、〝幸せ〟を喜ぶ三千人の人々の中で、ただ一人、偽物の笑みをその頰に貼《は》りつけ続けてきた人の苦痛が、悲しくてたまらなかった。

「同じ仕事をする人間ならばわかります。このクルーズの最中、藤堂さんは、一度たりとも凜子様の前に立ったことがありませんでした。そこに執事としての節度を感じたのでございます」

影山が言った。その声には敬意すら感じられた。

麗子は思い出す。確かにそうだった。藤堂さんは、一度だって凜子さんの前に出たりしなかった。父親だというのに。たった二人きりの、父と娘だというのに。

藤堂支配人が項垂れた。動こうとしない。影山が理解を示す微《かす》かな微笑みと一緒に、藤堂支配人にやさしく語りかけた。

「……もうすべて終わったのです。藤堂さん」

藤堂支配人が顔を上げた。その形相に麗子は驚く。鬼の顔だった。

「終わった!?　では、何だったのですか、わたくしの人生は?　この十八年間は!?」

叫んでいた。藤堂支配人の体が震えている。

「最後の航海に……、ようやくセイレーンの涙がやってくる。しかもそのクルーズにあのレイモンド・ヨーが乗船する。それを知ったとき、わたくしは『奇跡だ』と思いました。『これが運命だ』とも」

麗子は思い出す。レイモンド・ヨーについて、カジノで会った京極天がこんなことを言っていた。「かつて、海運業で世界を制した香港のリー財閥を破綻《はたん》に追い込んだんも、あいつの仕業やって噂《うわさ》やで」

影山が確認するように告げた。

「レイモンド・ヨーは、リー財閥衰退の引き金となった人物ですね」

藤堂支配人がグッと喉を鳴らした。肩を震わせて言う。

「あの男に――、旦那様は、レイモンド・ヨーに二束三文にもならない赤字企業を強引に買わされた。それから一気にリー財閥は傾いていったのです」

藤堂支配人が自分の胸を右手で押さえた。胸の鼓動を抑えようとしているようにも、胸ポケットに触れようとしているようにも見えた。万年筆に触れたかったのかもしれない。

「その後……、セイレーンの涙を手放してからはさらに不幸が続いた。海運業のみならず、あらゆる事業が空回りを続け、旦那様と奥さまは莫大《ばくだい》な借金を背負うことになってしまった……」

顔を上げた。藤堂支配人の目が燃えていた。

「そしてお二人は……、まだ幼いお嬢様に債務が及ばないようにと、自ら命をお絶ちになることを決断された。そのとき、わたくしはお二人からお嬢様を託されたのです」

麗子は息を呑む。藤堂支配人の目が炎のように真っ赤に見えた。

「このとき、わたくしは誓ったのです。いつの日か必ず、必ずセイレーンの涙を取り戻し、リー家を再興させるのだと」

すさまじい気迫だった。麗子はその気迫に呑まれそうになる。

「十八年間……。わたくしはこの船に潜り込み、セイレーンの涙を奪う機会を待ち続けました」

麗子は六歳で最後に乗船したあの日から、十八年間、この船に乗らなかった。

藤堂支配人の唇が震える。

「そしてついにその日が来た。同じ日のクルーズにレイモンド・ヨーがいたのは、旦那様と奥さまのお導きに違いないと思いました。お二人が舞台を整えてくださったのです。セイレーンの涙を奪うために、どうしても必要になるはずのひとつの遺体も、これで用意できることになった」

直立不動の姿勢になった。まっすぐに前を見て言い切る。

「だからわたくしは決めたのです。あの男を殺そうと」

＊

瀟洒《しょうしゃ》な洋館は、広大でありながら空虚だった。

あんなに大勢いた使用人もいまやただ一人。藤堂を残して皆去って行った。音はない。殺風景なリビングルームには四人の人間がいて、誰も何も喋《しゃべ》らずにいた。一人はリンメイの父。一人はリンメイの母。二人は身を寄せ合い、まだ赤子と言っていいリンメイを、四本の腕を絡ませ、包み込むようにして抱いていた。

藤堂は部屋の入り口に立って、家族を見ていた。藤堂が半生をかけて尽くしてきた主一家の最期の姿を、必死の思いで見つめていた。

不思議と涙は湧《わ》かなかった。

――藤堂。くれぐれも、この子を頼みますよ。

奥さまはそうおっしゃった。

――藤堂。いつの日か、リー家の再興を。

旦那様はそうおっしゃった。

二人の主は藤堂を呼び寄せ、藤堂の手の中に、リー家に残された最後の宝を託した。

藤堂の胸の中で、幼いリンメイは泣く。藤堂が主《あるじ》たちに背を向け、部屋のドアを抜けたあとでも、リンメイの泣き声はずっと止《や》まなかった。藤堂は振り返らずに屋敷を出る。この屋敷も、今日を限りに人手に渡る。もうすぐ、リー家はこの地上のどこにも存在しなくなる。

藤堂は唇を噛みしめて歩く。泣き喚《わめ》くリンメイを、世界中のあらゆる悪意から守りたいと思った。守ってみせる。それが旦那様の意志であり、同時に、リー家再興のため、最後に残された希望だ。

——リンメイお嬢様は、希望だ。

屋敷から、二発の銃声が聞こえた。リー家は沈黙する。藤堂の時間は、その瞬間に止まった。

歩きながら藤堂は決意する。

旦那様と奥さまの無念を——。

そして、海運業で名を馳せた、リー財閥のシンボルたる〝セイレーンの涙〟の奪還を——。

忘れてはならない。

藤堂は、その日からリンメイの父となった。

娘に〝凛子〟という名を与え、親子はひとつの客船の中で、十八年の年月を暮らしてきた。

二人は家族だった。

藤堂は凛子を、心から愛していた。

＊

静かだった。海は凪《な》いで波音は聞こえない。ただ、窓の外の暗い海が遠く、暗くなって流れていくだけだ。

藤堂支配人は語った。まるで泣いているような悲しげな笑みを浮かべながら。

「あの男――、レイモンド・ヨーは昔のままでした。奴の部屋を訪ねたわたくしに、レイモンドはこう言ったのです。『リー家？　そんなのもいたかな。――ハハ。そうか。死んだのか。バカな奴もいたもんだな。いちいち覚えちゃいないが』

言って、ギリリと歯を鳴らした。叫ぶように言う。

「奴にとってはその程度のことだったのです。――わたくしのすべてが！　旦那様と奥さま、それにお嬢様の人生すべてが、『覚えちゃいない』の一言で片づけられたのです」

震えていた。

「許せなかった。許せるわけがなかった。だから撃ちました。後悔などまったくありませんでした。レイモンド・ヨーを殺すことに」

息遣いだけが聞こえた。

影山がしばらくの間を置いてから呟くように言った。

「しかし……、この部屋に入る一歩手前で、マイケル・クワンと鉢合わせてしまった」

藤堂支配人が深く肯く。

「マイケル・クワンが何かを企《たくら》んでいるのは、その様子から見て明らかでした。だから確かめようと思ったのです。それでわたくしはマイケル・クワンの部屋に――」

悔しそうに顔を歪めた。麗子と影山から視線を逸らすようにして言う。

「わたくしはマスターキーを使い、マイケル・クワンの部屋に入りました。しかしそこには、長い髪で黒いコートを羽織った石川天明がいた。テーブルの上にはステッキも転がっていました。わたくしは驚きました。何しろ、凛子お嬢様の恋人で、コック見習いのはずの石川天明が、マイケル・クワンの姿をしていたのですから。驚きながらもわたくしは石川を問い詰めました。『石川君、何をしているんだ。なぜこの部屋に』と」

藤堂支配人が「フフ」と悲しげに笑った。

「石川は、近くにあった椅子を振り上げて、いきなりわたくしに襲い掛かってきました。ものすごい形相で、『死んでもらうしかない』と言いながらね。椅子で殴られ、床に転がったときに気づいたのです。石川の部屋には、客室にあるはずのない、ドリルや配線コードの類《たぐい》が転がっていた。そして、マイケル・クワンの居室はレイコスイートの真下――。わたくしは思いました。『ああ。石川もまた、セイレーンの涙を狙っていたのか』と」

麗子の頭の中に悲しい絵が浮かんでくる。組み敷かれた藤堂と、藤堂に馬乗りになって唇を曲げて笑う石川天明だ。

「床に転がり、彼に馬乗りにされたまま、わたくしは問いました。石川天明はセイレーンの涙を狙う盗賊だとわかった。それでも、どうしても彼に確認せずにはいられなかった。『凛子への気持ちは本当だったのか？』と」

麗子の頭の中の藤堂支配人が、石川に組み敷かれたまま、必死になって尋ねている。

『凛子への気持ちは本当だったのか？　本当だったんだな!?』

聞こえてきた。悲しすぎるセリフが。

『バカか。あんたの娘だから近づいただけだ。あんたの持ってるマスターキーのコピーが必要だったからに決まってるだろ』

想像の中で藤堂支配人が絶望の表情に変わった。すべての感情を押しとどめ、湧き出そうとする涙を呑み込んでいる。石川天明はそれでも続けて言う。

『それが、ロクに恋もしてねーからすっかり俺に夢中になりやがって。正直うんざりなんだよ』

「許せなかった」

藤堂支配人がその手を固く握りしめていた。胸のポケットにはリー家の紋章が刻まれた万年筆。麗子の想像はその瞬間を追いかける。藤堂支配人の右手が胸のポケットに伸び、万年筆のキャップが外れる。振りかぶられる右腕。飛び散る青いインク。シャツの隙間からむき出しになっている生白い石川天明の首筋。突き刺さる万年筆。抜いた万年筆から血とインクのまじりあった液体が石川天明の服に滴《したた》る。ピクリとも動かない石川。上着に青いシミ。藤堂支配人は顔中を汗にして、石川天明の服を脱がせはじめる。

――だから、石川天明の遺体は裸だったんだ……。

思わず呟いていた。

「それでも……、たかが宝石のために二人も殺すなんて」

その呟きを藤堂支配人は聞き逃さなかった。麗子に向かって声を荒らげる。

「たかが？　たかがとは何だ！　あなたに何がわかる？　十八年間、船内で息を潜め、憎しみと恨みだけを抱えてセイレーンの涙を手に入れる日を夢見てきた。それだけが私の人生のすべてだったんだ。それだけのために私は――」

ドアが開いた。藤堂支配人が言葉を呑み込んで振り返る。麗子には見えていた。レイコスイートのドアを開けたのは藤堂凛子。藤堂支配人の娘、いや――、藤堂支配人の主たる、リー財閥の令嬢だ。

「お父さん。それは違うよ」

凛子がそう言った。藤堂支配人と凛子が向き合って立つ。

「凛子……、いつから」

藤堂支配人の声が震えていた。凛子がそれを聞いて微笑む。

「私は楽しかったよ。お父さんと一緒にいられて」

藤堂支配人の表情はここからは窺えない。ただ、その背中が小刻みに震えていた。

「大好きだったし、誇りだったよ。客室支配人をしているお父さんが」

凛子の目に光るものが見えた。凛子が微笑みながら瞬く。

「お父さんは誰よりも好きだったじゃない。この船が。ここにいる人たちが。だって、みんな家族だよって教えてくれたのは、お父さんじゃない」

凛子が大きく瞬いた。目の端で滴《しずく》が震える。

「私、わかってるよ。お父さんは復讐《ふくしゅう》のためだけにこの船にいたわけじゃない。ここで過ごした十八年間には、もっと素敵な思い出がたくさん詰まってるはずだよ」

藤堂支配人の背中が丸くなる。消えそうな声で呟いた。

「……しかし、すべてはリー家のため」

凛子の瞳《ひとみ》から涙がこぼれた。藤堂支配人に向かって叫ぶように言う。

「私はそんなこと望んでいなかった！　お父さんと一緒にいられれば、それでよかったのに」

藤堂支配人が顔を上げた。天井を仰いでいる。

「お父さん……」

藤堂支配人が左手で凛子の手を取った。その上に自分の右手を添える。

凛子の手の中に、青い原石だけが残った。

藤堂支配人が一歩下がった。深々と腰を折って凛子に頭を下げる。

「すべてはこの藤堂の責任でございます」

最大級の礼を尽くした謝罪だった。

「本当に——、申し訳ございませんでした」

凛子の目から再び涙の滴が落ちた。頭を下げたままの藤堂支配人をすり抜けて、麗子のもとにやってくる。頭を下げながら、麗子の右手に青い原石を返した。

セイレーンの涙は、二人の体温を湛《たた》えていた。人の思いが込められていた。

「麗子さん……。ごめんなさい」

麗子は凛子の肩に手を置く。

「……ごめんなさい」

事件は終わった。あまりにも深い傷を、たくさんの人の心に残したまま。

＊　6　＊

風祭警部は上機嫌だった。何しろ、ヴァーゴ船内で起こった二件の殺人事件と誘拐事件、そのすべてについて、「自分が犯人だ」と自供する者が現れたのだから。「Kライオン」のあるエグゼクティブスイートで、松茂警備主任の報告を受けながら、風祭警部はうんうんと何度も深く肯く。

「ハイハイハイハイハイ！　やはり僕の推理通り、シンガポールに着くまでに犯人の方から出頭してきたね。おそらく、迫りくる捜査の網に耐え切れなくなったのだろう」

クルリと体の向きを変えて高らかに叫んだ。

「天網恢恢疎《てんもうかいかいそ》にして漏らさず！」

部屋の中には、ソファに並んで腰かけている二人の男がいた。松茂警備主任は、体を縮めて妙に大人しくしているその二人に目をやる。風祭警部に尋ねてみた。

「……その二人は？」

風祭警部はその質問にビクリと肩を揺らした。泳ぎまくる目で高円寺健太と高円寺雄太に視線を送る。

二人のコソ泥が同時にコクリと肯いた。風祭警部を指先でちょいちょいと呼び寄せる。

耳を寄せると、高円寺健太が口の中で呟いた。

「……Kライオンの翼は修理済み。パッと見じゃもうわからんようになってます」

それを聞いて風祭警部の顔がパアッと明るくなった。また振り返って松茂警備主任に言う。

「彼らは僕のデラックスな友人さ！　この船で出会い、知り合い、わかり合った、オーシャンミラクルな友人たちなのさ！」

「はあ……」

「わかってないね、松茂君。知らない人との出会いこそが、船旅の醍醐《だいご》味《み》なのさ！」

松茂警備主任の呆《あき》れたような嘆息が響く。警部と二人のコソ泥は肩を組んで、三人兄弟みたいになってカラカラと笑う。

＊７＊

グランド・ピアッツァに歌声が響いていた。高らかに響き渡る声は大勢の乗客を包み込み、旅の最後の思い出を記念日色に染めていく。皆笑顔だった。

大勢の乗客の間を縫うようにして、風祭警部と藤堂支配人が歩いていく。乗客たちはそれに気づかない。だけど、ステージにいる凛子からは見えた。父親が項垂れたまま連行されていく姿が。十八年を過ごした我が家を、俯《うつむ》いたまま、背中を丸めて出て行こうとしている父親の姿が。

観客に見えないよう、背中に向けて右手を広げた。それを受けてバンドの演奏が止む。乗客たちが「何事か」と少しだけざわつき始めた。

凛子はマイクを手に取った。十八年間、凛子の人生のほとんどは父との思い出で彩られている。物心がついたときには船の中にいた。同年代の友達はたまに知り合う乗客だけで、いっしょに遊ぶことなんてほとんどできなかった。船の中のクルーたちが凛子の友人であり、教師であり、世界のすべてだった。父は凛子を愛してくれた。この船での最初の記憶は、父が乗客のスーツケースを運ぶ姿だ。凛子はそれを、父の背に負われたまま見ていた。父の背中は広く温かかった。顔を埋めると安心の匂《にお》いがした。掛け算を教えてくれたのも父だ。覚えた九九を、パルテノンプールのプールサイドで父に語って聞かせた。最後、九の段を唱えるころには楽しくなってしまって、父と一緒に声を張り上げて九九、八十一と叫んだ。水着姿の乗客たちが拍手してくれた。ピクニックがしてみたくて、父に無理を言って船外デッキで真似事《まねごと》をしたこともあった。父はわざわざ弁当を作ってくれた。ギャレーの虎谷さんが「俺が作ってやるよ」と言うのに、父は自分で作るんだと言って、形の悪いたまご焼きを作ってくれた。それを二人して一緒に食べた。

船外デッキにいるときに、急に雨が降ってきてびしょ濡れになったこともあった。父は凛子の頭をタオルでくしゃくしゃにしながら拭《ふ》いてくれた。お返しに凛子も父の頭をタオルで拭いて、頭髪に混じった白髪と刻み込まれた皺《しわ》を目にして、父が歳《とし》をとったことを知った。十四、五の頃、凛子の髪を父が切ってくれたこともある。前髪は残しててって言ったのに、父は不器用で五ミリのつもりが五センチ近くもハサミを入れてしまって、凛子はそれに怒って二日間父と口を利かなかった。その間の父のしょげようったらなかった。まるでこの世の終わりみたいな顔をして、凛子と顔を合わすたびに土下座でもしそうな勢いで謝ってきた。二日も経つ頃にはもう呆れてしまって、最後には凛子の方が吹き出してしまった。「もういいよお父さん」って。「私と話ができないだけで、どれだけ悲しそうな顔するのよ」って。

初めてこのステージに立ったのは十八のときだ。父は泣いていた。客室支配人で、全クルーを統べるはずの大の男が、娘が立派に育ってくれたと言って泣いていた。人目も憚《はばか》らずに。皺だらけの顔を、もっともっとぐしゃぐしゃにしながら。

凛子は歌う。父に教えてもらったあの歌を。幼かった凛子が悲しんだり、不安だったり、さびしかったりしたときに、父が「大丈夫だよ」と歌ってくれたあの歌を。

父は言っていた。「大丈夫。凛子は一人じゃない。お父さんが、ここにいるからね」

心から安心した、あの歌を。

父へ。

――お父さん、大丈夫だよ。お父さんは一人じゃない。私がここにいるからね。

歌う。父に声を届ける。

思いを。

――私はずっと、待っているからね。

＊

麗子は歌声を聞いていた。隣にいる影山に静かに尋ねた。

「ねえ影山。凛子さんは、セイレーンの涙を奪った宝生家を、恨んでいるのかしら」

影山は凛子のステージを見ている。銀縁の眼鏡にステージのスポットライトが瞬いていた。

「……もし仮に、リー財閥の令嬢として育てられた凛子様と、今、こうしてステージに立つ凛子様がいらっしゃるなら、どちらが輝いていると思われますか？」

「え……？」

影山が麗子を見た。唇を曲げて微笑んでいる。

「人はとかく、過去や生い立ちに囚《とら》われてしまうものでございます。しかし……、わたくしたちが生きられるのは今でしかない。この瞬間がすべてなのでございます」

「…………」

「今、自分が輝ける場所で精一杯生きる。お嬢様――、それが幸せな人生というものであることを、お忘れなきよう」

ステージに立つ凜子を見た。大きく腕を広げ、すべての乗客に、世界中の人に向かって美しい歌声を振り撒《ま》いている。キラキラ輝いて見えた。素敵な人生だと思う。

「……影山、行くわよ」

ステージから目を逸《そ》らし、影山に声をかけた。船を降りようと思った。悲劇は終わったのだ。悲劇の登場人物はいつまでもステージに残っていちゃいけない。凜子さんが新しい物語をつむぎ始めるため、わたしたちは舞台を去ろう。

背中に声をかけられた。

「麗子さん」

マイク越しの声だった。麗子は振り向く。

ステージで凛子が笑っていた。麗子を見て、大きく手を振る。

「ボンボヤージュ！」

そう聞こえた。麗子の胸が熱くなる。こみあげてくるものを飲み込んで笑顔をつくった。負けないくらい大きく手を振り返した。叫ぶ。

「ボンボヤージュ！」

隣で影山が笑っていた。グランド・ピアッツァを出る。

一つの旅の終わり、そして、新しい旅のはじまりだ。

＊

枕崎美月は微笑んでいた。もう悩んではいない。

右手に一枚の紙切れを握って、美月はランドリー室に急ぐ。最後のクルーズなのだ。ランドリー室でシーツを洗うあの人を見るのも、きっとこれが最後だ。

バラジ・イスワランは、最後の時間もやはりランドリー室にいた。清潔なにおいが鼻先に香る。

美月はバラジを呼び止めた。バラジの前に立って目を見て言う。

微笑んだ。

「自分でもさ、私ってバカだと思うんだ。わざわざ貧乏くじを選ぶんだからさ」

バラジが唇だけで笑ったまま首を傾げた。美月は続ける。

頭を下げた。

「あなたのプロポーズ、受けさせてもらいます。こんな私ですが、よろしくお願いします」

バラジの目が大きく見開かれた。胸に抱えていたシーツを落としそうになって慌てて抱え直す。それを見て美月は笑った。不器用なんだよなぁ、この人。私、これから苦労しそうだなぁ……。でもまあ、この人のひたむきさ、嫌いじゃあないし。

いつの間にか、背後に知らない男が立っていた。バラジがシーツを抱えたままその男を見ている。美月も振り返った。浅黒い肌。バラジと似た雰囲気の男だった。

男がバラジに向かって言った。

「Prince Baraji! I came to take you home.（お迎えにあがりました。王子）」

美月は「は?」と声を漏らす。王子? 王子って何?

男が煌《きら》びやかな装飾を纏《まと》った長剣をバラジに手渡した。それから美月に向き直って言う。

「Here is the future King of Dawanel Kingdom the crown prince Baraji.（こちらにおられるのは、ダワネル王国次期国王、バラジ皇太子様です）」

美月は理解できなくて、さっきと同じリアクションを返す。

「え？　え？　皇太子？　うそ？」

バラジを見た。バラジがはにかんでいる。

「ミツキさん。隠シテいてゴメンなさい。実ハ……、五年間、身分を隠シテ働クのが国のシキタリで……」

「ええー！　だったら早く言ってよう！　船内新聞の大スクープだったのにぃ！」

美月は大げさに嘆く。美月の反応を見てバラジが苦笑している。

「で、ダワネル王国ってどこ？」

バラジは笑顔のまま固まる。

「え」

＊

レイコスイートに帰ってきた。すべてが終わったようで、麗子はなんだか気の抜けた気分。影山に軽い感じで話しかける。

「でもまさか、あれだけ騒いで、結局『ソロスなんていなかった』なんてねぇ」

セイレーンの涙が収まっているはずの台座を見た。「この青い原石だって……」

そこで言葉を呑み込んだ。口をあんぐりと開けた。

「ないじゃない！　そして何これ!?」

赤外線セキュリティの赤いライトに守られた台座には、青い原石ではなく、一枚のハンカチが載っていた。イルカの模様の、幼い子どもが好むようなかわいらしいハンカチだ。

「影山……！　これって……！」

影山は答えなかった。ニヤリと笑う。

「さすがは……、あの方でございますね」

epilogue

薄い木綿《もめん》生地のケバヤとバティックの腰巻きを身につけた女性が、アフタヌーンティーを口に運ぶ。その背中に静かに声をかけた。

「ご同席してよろしいでしょうか。ミス・ソロス」

女性は振り返らずに声だけで答えた。

「ソロス?」

影山は深々とお辞儀をする。それから女性の隣の椅子《いす》に腰を下ろした。横顔を見る。

恵比寿様が、薄く笑っていた。

「……怪盗、ファントム・ソロスは狙《ねら》った獲物は絶対に逃さない。十八年前にセイレーンの涙を狙い、それを逃したあなたは、十八年後の今、再びあの船に戻り、ついに手に入れたのですね」

恵比寿様は微笑《ほほえ》んだままだ。

「何のことかしら」

影山にも紅茶が運ばれてきた。ティーカップを持ち上げて、口をつけてから言う。

「ですが、その一方で、ソロスは狙った獲物以外には絶対に手を出さないと聞き及んでおります。ましてや、子どもから預かった品を、そのままにしておくはずがございません」

恵比寿様が影山を見て首を傾《かし》げた。何だか楽しんでいるみたいに見えた。

「だから、あなたはあのハンカチをお嬢様にお返しになった。そして、十八年前の借りを返す意味で、あのとき、カジノでわたくしにお金を貸してくれたのではありませんか？」

クスクスと笑う。「私にはさっぱり」

影山も笑っている。

「気づいたのはあのとき——、カジノでの勝負の最中、セキュリティの警報が聞こえたあの瞬間でございます」

恵比寿様は黙って聞いている。

「あのとき、あなたは反射的にレイコスイートのある天井部分を向いていた。出入り口は逆方向にあり、警報音は壁のスピーカーから聞こえていたというのに」

紅茶を口に含んだ。まだ笑っている。

「あのセキュリティの警報音は、過去に一度しか鳴っておりません。十八年前に、ファントム・ソロスが押し入ったそのときだけでございます」

「………」

「つまり、あの音を聞いて、それがレイコスイートから発せられた警報音だと知りえた人間は、やはり十八年前にあの場所にいた、ファントム・ソロスその人でしかありえない」

恵比寿様が口元をほころばせた。楽しそうだ。

「じゃあ、ソロスかもしれないってわかっていて、最後に獲物を盗ませたってこと?」

影山も微笑む。

「それが、ソロスを断定する最も有効な方法でございましたゆえ。――なによりわたくしは、あなたの大ファンなもので、どうしてもお会いしたかった」

「あははっ」

声に出して笑った。「どうするつもりだったのよ。取り返せなかったら」

「一か八《ばち》かの賭《か》けでございます。ある方が言っておりました。『それがギャンブルの醍醐味《だいごみ》だ』と」

二人の目が合った。恵比寿様が目を細める。

「面白いわね。あなた」

影山は答える。

「あなたも。大変興味深い」

ティーカップが皿に触れるカチリという音。恵比寿様がテーブルの上に白いナプキンをそっと載せた。何かを包んでいるらしく、大きく膨らんでいる。

そのナプキンをすっと影山に押しやった。影山はそれに手を触れる。

布越しにもヒヤリと冷たい、硬い感触。

「あなたに会えて楽しかった。今度は、直接お屋敷にでもお邪魔しちゃおうかしら」

恭《うやうや》しく頭を下げた。

「いつでもどうぞ。お待ちしております」

「では、いずれ遠慮なく」

「はい。楽しみにしております」

恵比寿様が立ち上がった。中庭に向かって一歩進み、そこで立ち止まる。

振り返った。

「ねえ。そういえばなんでこの場所がわかったの？」

影山は胸のポケットから一枚のハンカチを取り出した。白いシルクのハンカチ。右下に「ＫＫ６０９」と刺繍《ししゅう》されている。

「このホテルでクリーニングに出されましたね。昨夜、風祭警部から受け取った、このハンカチを」

不思議そうな顔になる。

「それが？」

「ＫＫ６０９。この未知なる暗号が記された品が有名ホテルで見つかると、すぐに風祭警部のもとに連絡が行くようになっているのだそうです。それでこの場所が」

また「あははっ」と笑った。

「なにそれ。わかりっこないわよ、そんなの」

「それがあのお方の恐ろしいところ。何しろ、日本が世界に誇るミラクルな刑事でございますゆえ」

恵比寿様が笑顔を残して去っていく。影山はそれを見送った。受け取った白いナプキンに手を置いたままで。

ラッフルズ・ホテルの中庭に差し込む木漏《こも》れ日に、白布の下の青い宝石が透けて見えた。

＊

「シンガ」は「ライオン」、そして「プーラ」は「街」。二つを合わせて「シンガプーラ」。サンスクリット語の「シンガプーラ」から「シンガポール」の国名が生まれた。

上半身がライオンで下半身が魚。マーライオンの半身が魚なのも、それが「海」を意味するからだ。シンガポールは多民族の国。四つの公用語を持ち、貿易を通じて世界中の人々が集まる熱気に満ちた国だ。

マーライオン・パークで、ライオンは白い水をマリーナ・ベイに注ぎ込む。それは一瞬たりとも途切れることがない。赤道直下の太陽の下、人々は歓喜に沸《わ》いていた。大勢の観客が、パークに特設された会場前にひしめき合っている。ステージには白いスーツ姿の男が一人、除幕のタイミングを今か今かと待ち構えている。

麗子は強い日差しに目を細めた。

赤いドレス姿の麗子と、黒い執事服に身を包んだ影山は、遠目にKライオンの除幕式を眺めていた。

大観衆の向こう、風祭警部が白いスーツの上着をはためかせて宣言する。

「国立市の特使としてはるばるやって参りました。国立署の名刑事、風祭、京一郎、です！　では、僕が国際的窃盗団から命をかけて守ってきたKライオンをお披露目《ひろめ》いたしましょう！」

Kライオンを覆っているサテンに手をかけた。広場を埋め尽くす観衆に右から左、余すところなく流し目を送る。

「では！　ディス、イズ、ケーイ、ライオーン！」

一気にサテンを引き抜いた。常夏《とこなつ》の太陽を受けて煌《きら》びやかに輝く金色のライオン。沸き起こる拍手と歓声。恍惚《こうこつ》の表情の風祭警部。その目がバッと見開かれた。風祭警部と麗子の目が合う。

「は！　そこにいるのはショウレイさん！」

言うなり手旗信号みたいに両手をぶんぶん振りだした。風祭警部の右手がKライオンの翼にガツリとぶつかる。

ポロリと落ちた。

「あ」

拍手が止《や》んだ。風祭警部が折れた翼をもっておろおろしている。

「ノ……、ノープロブレム！　イッツアジョーク！」

顔中を汗だくにしてそう言った。言い終えると同時に自分の両手を翼みたいにして背中に立てた。「アイム、K（AZAMATSURI）ライオン！」

麗子はため息といっしょに視線を逸《そ》らして歩き出す。喧噪《けんそう》を背にし、静かなマリーナ・プロムナードを歩いた。影山が麗子の背中についてくる。背後から、そっと麗子にハンカチを手渡した。

ＫＫ６０９の刺繡のある白いシルクのハンカチ。

「ご苦労様。警部ったら、わざわざこんなもの取りに行かせるだなんて」

影山が笑っている。「いいえ。大変有意義な時間となりました」

麗子は長い溜息《ためいき》をついた。

「はあーあ。それにしても、あの船にはエステとかネイルとか、ヘアサロンもショッピングアーケードも何でもあったのに、結局、何もできなかったわ」

マリーナ・ベイを眺めた。三つのタワーの上に客船が載ったデザインのマリーナ・ベイ・サンズが見える。港には小型船舶が何艘《そう》も気持ちよさそうに泳いでいた。

それを見て、麗子は顔を輝かせた。

「あ！　でもあれならできるかも！」

＊

海風は麗子の頰《ほお》を摺《す》り抜ける。観光船の舳先《へさき》に立って、麗子はシンガポールの街並みに目をやった。世界は活気に満ちていた。マリーナ・ベイ・サンズの空中庭園から日の光が差し込んでくる。麗子と影山の頰をチラチラと照らし出す。

気持ちが良かった。

「……ま、仕方ないわね。相手はあなたでいいわ」

背後に立つ影山の声が笑っている。

「……なるほど。あの名シーンを再現したいというわけでございますね。承知いたしました」

麗子は小さく肯《うなず》く。ほんとうは船上で知り合ったレオ様にやってもらう予定だったんだけど、まあ仕方がない。命のピンチを救ってくれたって意味なら、この毒舌執事だって同じなわけだし。

影山が麗子の前に立った。両手を軽く広げて麗子を待つ。

「さあ、どうぞお嬢様。ご遠慮なく」

麗子は戸惑いながら影山の脇の下に両手を差し込んだ。「こ……、こう？」

影山の体を支える。ギュッと抱きしめた。

影山が両手を水平に広げた。まるで海風を切って舞う飛行機の両翼《りょうよく》のように。気持ちよさそうに呟《つぶや》いた。

「はぁー。あのシーンがよみがえってまいります」

麗子もうっとりした表情で肯いた。

「……そうね」

ハタと気づいた。同時に叫ぶ。

「って！　あなたが前に立ってどうすんのよ!?」

抱きしめたまま突っ込んだ。影山は唇を曲げて笑っている。

「ちょっと影山！　わたしと立ち位置かわりなさいよ！　ちょっと！　聞いてるのあなた！」

麗子の大声が海風に運ばれていく。

風に乗って聞こえてくる二人の声は、やがて楽しげな笑い声に変わっていった。

本書のプロフィール

本書は映画『謎解きはディナーのあとで』（脚本：黒岩勉）をもとに著者が書き下ろしたノベライズです。

小学館文庫

映画《えいが》 謎解《なぞと》きはディナーのあとで

著者／涌井《わくい》 学《まなぶ》 脚本／黒岩《くろいわ》 勉《つとむ》
原作／東川篤哉《ひがしがわとくや》

二〇一三年八月七日 初版第一刷発行
二〇一三年九月三日 第三刷発行

発行人 稲垣伸寿
発行所 株式会社 小学館
〒一〇一-八〇〇一
東京都千代田区一ツ橋二-三-一
電話 編集〇三-三二三〇-五六一六
販売〇三-五二八一-三五五五
印刷所――――図書印刷株式会社

この文庫の詳しい内容はインターネットで24時間ご覧になれます。
小学館公式ホームページ http://www.shogakukan.co.jp

ISBN978-4-09-408845-8